Viki Six

Im Licht der Amalfiküste

Roman

Impressum:
© 2024 Viki Six.
Titel: Im Licht der Amalfiküste
Autorin: Viki Six
Coverbild: Lenora Sternbach
ISBN: 978-3-7693-2819-6

Verlag: BoD · Books on Demand GmbH,
In de Tarpen 42, 22848 Norderstedt, bod@bod.de
Druck: Libri Plureos GmbH,
Friedensallee 273, 22763 Hamburg

Im Licht der Amalfiküste

Roman

von

Viki Six

**Ein unerwartetes Erbe.
Ein Haus voller Geschichten.
Eine Liebe.
Und der Mut zur Veränderung.**

Lena führt ein scheinbar geordnetes Leben in Berlin, doch tief in ihrem Inneren fühlt sie sich festgefahren. Als sie überraschend erfährt, dass sie ein Haus an der Amalfiküste geerbt hat, steht sie plötzlich vor einer Entscheidung, die alles verändern könnte. Neugier und Zweifel kämpfen in ihr ... wird sie den Schritt ins Unbekannte wagen?

Vor der atemberaubenden Kulisse der Amalfiküste entfaltet sich Lenas Reise zu sich selbst, voller Emotionen, Geheimnisse und der leisen Magie eines Ortes, an dem Vergangenheit und Zukunft miteinander verschmelzen.

**„Im Licht der Amalfiküste" ist eine
bewegende Geschichte
über Neuanfänge
und die Kraft der Liebe.**

Die handelnden Personen

Lena Hartmann
Besitzerin eines Blumenladens in Berlin, den sie von ihren Eltern geerbt hat. Mitte 30, mit hellbraunem Haar und grünen Augen. Lena steht zwischen Sicherheit und der Sehnsucht nach einem Neuanfang. Sie hat eine kreative Seite, die sich in ihrer Liebe zu Blumen und Gärten zeigt.

Anna Wagner
Angestellte in einer Berliner Eventagentur, Lenas allerbeste Freundin seit dem Kindergarten, mit leuchtend blauen Augen und blondem Haar. Anna ist extrovertiert, praktisch und eine loyale Begleiterin, die immer wieder Mut macht und neue Perspektiven aufzeigt.

Werner Schäfer
Berliner Anwalt und alter Bekannter von Lenas verstorbenen Eltern. Mit seiner Erfahrung und Geduld hilft er Lena, alle rechtlichen Aspekte zu verstehen, und gibt ihr das nötige Vertrauen für ihre Schritte.

Marco Rossi
Ein freundlicher italienischer Fahrer mit einem verschmitzten Lächeln, der neue Ankömmlinge mit seiner entspannten Art willkommen heißt.

Carlo Moretti

Ein professioneller italienischer Anwalt mit einer warmen Art, der Verbindungen schafft und Vertrauen aufbaut.

Matteo Ricci

Ein ruhiger Italiener mit dunklen Locken und braunen Augen, ein Architekt, der viel über alte Häuser und ihre Geschichten weiß. Seine stille Stärke und Geduld machen ihn zu einer wichtigen Unterstützung.

Giulia Marini

Italienerin, herzliche Besitzerin einer kleinen italienischen Pension, bekannt für ihre Gastfreundschaft und ihren unschätzbaren Rat. Sie hat ein Talent dafür, Menschen miteinander zu verbinden.

Rosa Giordano

Italienerin, Besitzerin eines lebhaften Caffès. Ihre herzliche Art und ihr legendärer Zitronenkuchen machen sie zu einem zentralen Teil der Dorfgemeinschaft.

Niccolò Giordano

Ein talentierter italienischer Student der Gartenarchitektur, dessen ruhige Art und Liebe zur Natur ihm helfen, besondere Orte zu schaffen.

Chiara Morelli

Eine bezaubernde junge Italienerin mit ansteckendem Lachen und leuchtenden Augen, die Lebensfreude und Optimismus ausstrahlt.

Antonio Greco

Ein herzlicher Italiener mit einem offenen Lachen, der traditionelle Werte mit einer modernen Leichtigkeit verbindet.

Lucia Bianchi

Eine kunstliebende Frau aus Neapel mit exzentrischem Stil und einer Leidenschaft dafür, Neues zu entdecken und zu fördern.

Aurora Pellegrini

Charismatische Italienerin, die ein Leben voller Geheimnisse hinerlässt, ebenso wie ein Erbe, das Vergangenheit und Zukunft miteinander verbindet.

Lorenzo Santini

Italiener, der als Symbol für die Freiheit und die Unmöglichkeit, sich zu binden, in der Erinnerung weiterlebt. Er konnte sich zu Lebzeiten nicht für die Liebe entscheiden.

Signora Battaglia

Elegante italienische Dame aus der Vergangenheit, deren Einfluss in den Geschichten und Erinnerungen weiterlebt.

Kapitel 1

Die Glocke über der Ladentür klingelte leise, als die erste Kundin des Tages eintrat. Lena hob den Blick von den Ranunkeln, die sie gerade in einer Vase arrangierte, und schenkte der älteren Frau ein warmes Lächeln. „Guten Morgen, Frau Bergmann. Wie immer ein Strauß Tulpen?"

Die Dame, eine Stammkundin, nickte leicht, während sie ihre Handschuhe abstreifte und in ihrer Handtasche nach dem Portemonnaie suchte. „Ja, bitte. Gelbe, wenn Sie welche haben. Die passen so schön in die Küche."

Lena wandte sich dem Eimer mit den Tulpen zu. Die leuchtenden Farben der Blumen, sattes Gelb, kräftiges Rot und zartes Rosa, begrüßten sie wie alte Freunde. Während sie die frischesten Stängel auswählte, glitt ihr Blick kurz durch den Laden. Die Regale waren sorgfältig geordnet: Vasen in allen Größen, kleine Blumentöpfe, und hier und da hingen Girlanden aus getrocknetem Lavendel. Efeuranken zogen sich um die Fensterrahmen, ein Detail, das sie selbst mit Stolz gepflegt hatte.

„Hier sind Ihre Tulpen." Lena wickelte die Blumen mit geübten Handgriffen in cremefarbenes Papier und reichte den Strauß über die Theke.

„Vielen Dank, meine Liebe." Frau Bergmann zahlte in bar, wie immer. „Die bringen bestimmt ein wenig Sonne in diesen grauen Tag."

„Das hoffe ich doch", antwortete Lena mit einem Lächeln, das diesmal nicht ganz ihr Innerstes erreichte. Die Glocke erklang erneut, als Frau Bergmann den Laden verließ, und hinterließ eine Stille, die sich schwerer anfühlte, als sie sollte.

Lena ließ sich auf den alten Hocker hinter der Theke sinken und atmete tief ein. Es war ein Morgen wie jeder andere. Die Tür würde bald wieder aufgehen, und die nächsten Kunden würden ihre üblichen Wünsche äußern: eine Orchidee für Herrn Klinger, ein Strauß Wildblumen für die junge Lehrerin, die stets in Eile war.

Ihr Blick fiel auf das alte Kassenbuch neben der Registrierkasse. Obwohl längst eine moderne Kassen-App auf ihrem Tablet installiert war, benutzte Lena das Kassenbuch weiterhin. Es war ein Stück ihrer Mutter, ihre Handschrift zog sich durch die ersten Seiten, akkurate Einträge, manchmal ergänzt durch kleine Anmerkungen am Rand: „Herr Klinger heute besonders freundlich" oder „Frau Müller eine Extrarose geschenkt". Jedes Mal, wenn Lena darin blätterte, fühlte es sich an, als würde sie ein paar Sekunden der Zeit mit ihrer Mutter zurückholen.

Die Zahlen der letzten Wochen waren solide, aber sie zeigten keinen Aufschwung. Alles in diesem nach Gewächshaus duftenden Geschäft war stabil, angenehm stabil, wie eine Pflanze, die in einem sicheren Topf wuchs. Doch genau das war es, was Lena beunruhigte.

Lena liebte ihren Blumenladen. Sie liebte die Farben, die Düfte und die beruhigende Routine, die die Arbeit mit sich brachte. Doch in letzter Zeit fühlte sich diese Routine weniger wie ein Anker und mehr wie ein Käfig an. Die Tage verliefen gleichförmig, als hätte jemand auf die Pause-Taste ihres Lebens gedrückt. Es war nicht schlecht, aber es war auch nicht genug.

Ihr Blick wanderte hinaus auf die Straße. Draußen huschten ein paar Menschen vorbei, die Köpfe gesenkt gegen den leichten Nieselregen. Der Himmel war grau, und die nassen Pflastersteine glänzten matt. Es hätte ein beliebiger Tag sein können, gestern, morgen, vor einem Jahr.

Sie seufzte und fuhr sich durch die Haare. Seit Wochen schlich sich dieser Gedanke in ihren Kopf, leise, aber beharrlich: War das alles? Dieses Leben, dieser Laden, diese Stadt, war das wirklich alles, was sie wollte?

Die Glocke über der Tür blieb stumm. Kein neuer Kunde, kein Gespräch, nur das monotone Ticken der alten Uhr über der Theke. Lena spürte, wie sich die Stille ausbreitete, wie sie schwer auf ihren Schultern lastete.

Sie ließ ihren Blick durch den kleinen Laden schweifen, der ihr so vertraut war wie ihre eigene Hand. Nach dem plötzlichen Tod ihrer Eltern hatte sie das Blumengeschäft übernommen, damals noch unscheinbar und altmodisch. Sie hatte es renoviert, so weit es ihre Ersparnisse erlaubten, hatte die Regale erneuert, die Wände gestrichen und neue

Pflanzenarten ins Sortiment aufgenommen. In jeder Ecke des Ladens war die Liebe zu spüren, die sie hineingesteckt hatte. Doch trotz all ihrer Bemühungen fühlte sie, dass etwas fehlte.

Ihre Mutter hatte den Laden mit Herz geführt und es als selbstverständlich angesehen, dass Lena in ihre Fußstapfen treten würde. Doch tief in Lenas Inneren schlummerte ein anderer Traum, der nie ganz erloschen war: Nach dem Abitur hatte sie Italienisch studieren wollen. Sie hatte sich vorgestellt, eines Tages an der Amalfiküste zu leben, inmitten von Zypressen und Zitronenhainen, und dort ein eigenes kleines Geschäft zu eröffnen. Stattdessen war sie hier geblieben, zwischen den Pflanzen, die ihre Eltern geliebt hatten, und hatte den Traum begraben, als wäre er nie wirklich möglich gewesen.

Doch jetzt, in dieser bedrückenden Stille, spürte sie, wie sich dieser alte Wunsch wieder regte, ein leises Flüstern, das sie daran erinnerte, dass das Leben mehr sein könnte als das hier.

„Ich brauche einen Kaffee", murmelte sie. Doch selbst dieser Gedanke schien keine echte Abwechslung zu bringen. Es war ein Tag wie jeder andere, in einem Leben, das stillzustehen schien.

Kapitel 2

Im kleinen Hinterzimmer des Ladens stand immer noch die alte Kaffeemaschine ihrer Mutter, klassischer altmodischer Filterkaffee. Lena hatte aus Melancholie entschieden, die zu behalten, solange sie noch funktionierte. Jetzt beobachtete sie, wie der Kaffee langsam in die Kanne tropfte. Der Duft von frisch aufgebrühtem Kaffee erfüllte den Raum, und für einen Moment fühlte sich Lena ein wenig ruhiger. Der Duft erinnerte sie an lang vergangene Zeiten, an die Tage, als sie in diesem Hinterzimmer ihre Hausaufgaben fürs Gymnasium machte, am Kaffee nippte, und ihre Mutter vorne im Geschäft die Blumen arrangierte.

Und dann dachte sie an Anna. Sie war es gewesen, die ihr immer durch schwere Zeiten geholfen hatte. Anna, die beste Freundin, die sie immer wieder aus ihrer Trauer und ihrem Selbstzweifel gezogen hatte, oft nur mit einem frechen Spruch oder einer Tasse Kaffee, damals, nach dem plötzlichen Verlust ihrer Eltern, und später, als Paul gegangen war. „Du hast es überlebt", hatte Anna gesagt, als Lena sich zum hundertsten Mal fragte, warum alles zusammengebrochen war. „Das heißt, du bist stärker, als du denkst." Und vielleicht hatte Anna recht gehabt, zumindest ein bisschen.

Lena schenkte sich ein, nahm die Tasse, umrundete die Theke und stellte sie neben die Kasse, doch sie vergaß, einen Schluck zu nehmen. Ihre Gedanken schweiften ab, während der Kaffee abkühlte, zu Paul, zu Anna, zu all dem, was sich in den letzten Jahren ereignet hatte.

Lena griff nach der Tasse, und nippte an dem längst erkalteten Kaffee. Sie verzog das Gesicht, kalt und bitter, genau wie ihre Gedanken. Seit ihrer Trennung von Paul vor einem Jahr hatte sich dieser unangenehme Beigeschmack in ihr Leben geschlichen, ein dumpfes Gefühl von Unzufriedenheit, das sie einfach nicht loswurde.

Paul war charmant gewesen, ambitioniert, und am Anfang hatte sie geglaubt, in ihm den Mann gefunden zu haben, der ihr Leben bereichern könnte. Doch mit der Zeit war klar geworden, dass seine Pläne nicht ihre Pläne waren. Während sie sich in ihrem kleinen Blumenladen verwurzelt fühlte, war Paul ständig auf der Suche nach dem nächsten großen Ziel, einem besseren Job, einem größeren Apartment, einem schnelleren Auto.

„Du kannst doch nicht dein Leben lang in diesem Laden bleiben, Lena", hatte er einmal gesagt, als sie über die Zukunft gesprochen hatten. Seine Worte hatten gestochen, nicht nur, weil sie grausam ehrlich gewesen waren, sondern weil sie die Wahrheit berührten, die sie selbst nicht aussprechen wollte.

Am Ende war es nicht sie gewesen, die sich gegen ihn entschieden hatte. Paul war einfach gegangen. Mit seinem neuen Job in Hamburg war er verschwunden, als hätte er nie wirklich dazugehört. Lena hatte ihn nicht aufgehalten. Vielleicht, weil sie wusste, dass sie ihm nichts entgegensetzen konnte. Vielleicht auch, weil ein Teil von ihr wusste, dass es besser so war.

Doch der Bruch hatte Spuren hinterlassen. Sie war vorsichtig geworden, beinahe ängstlich, wenn es darum ging, etwas zu verändern. Jede neue Chance, jede Möglichkeit, etwas anderes zu wagen, fühlte sich an wie ein Risiko, das sie nicht eingehen wollte. Was, wenn sie wieder enttäuscht wurde? Was, wenn sie scheiterte?

Sie stellte die Tasse zurück auf die Theke und sah hinaus auf die Straße. Menschen kamen und gingen, ihre Regenschirme wie bunte Tupfer auf der tristen Leinwand des Tages. Alle hatten einen Plan, ein Ziel, nur sie blieb stehen. *Ich habe alles, was ich brauche,* sagte sich Lena oft. *Einen sicheren Laden, ein Dach über dem Kopf und ein Leben ohne große Dramen. Aber reicht das wirklich?*

Mama hat den Laden mit Leidenschaft geführt, dachte sie, während ihr Blick durch den Raum wanderte. *Sie hatte nie Zweifel daran, dass er ihre Berufung war. Und ich? Ich verwalte ihn nur, wie ein Erbe, das ich nicht in Frage zu stellen wage.*

Manchmal fragte sie sich, ob ihre Mutter enttäuscht wäre, wenn sie wüsste, wie wenig dieses Leben sie erfüllte. Der Gedanke nagte an ihr, leise, aber beharrlich.

Ein leises Summen riss sie aus ihren Gedanken. Ihr Handy vibrierte auf der Theke. Sie nahm es in die Hand, sah auf das Display, eine unbekannte Nummer mit der Vorwahl +39, die Lena sofort als eine italienische erkannte. Sie runzelte die Stirn. Italien? Wer könnte sie von dort anrufen?

Unsicher, ob sie den Anruf annehmen sollte, starrte sie für einen Moment auf das Telefon. Schließlich atmete sie tief durch und wischte über den Bildschirm.

„Hartmann", sagte sie zögerlich, ihre Stimme ein wenig rau.

„Guten Tag, Signora Hartmann." Eine tiefe, wohlklingende Stimme erklang. „Mein Name ist Carlo Moretti. Ich bin Besitzer der Anwaltskanzlei Moretti & Bellini in Salerno an."

Lena runzelte die Stirn. Der Akzent in seiner Stimme war deutlich, und es klang, als würde er jedes Wort sehr bewusst wählen.

„Entschuldigen Sie mein Deutsch", fuhr er fort, „es ist nicht fließend, aber ich kann Ihnen das Wichtigste erklären."

Lena richtete sich auf, überrascht und verwirrt. „Eine Anwaltskanzlei? Was, was gibt es denn?"

„Es geht um eine Erbschaft", erklärte der Mann mit seinem leicht italienischen Akzent. „Eine gewisse Aurora Pellegrini hat Ihnen ein Anwesen an der Amalfiküste hinterlassen."

Lena blinzelte, als hätte sie nicht richtig gehört. „Aurora Pellegrini? Ich kenne niemanden mit diesem Namen."

Der Anwalt ließ ihr einen Moment Zeit, bevor er weitersprach. „Nach dem Tod von Signora Pellegrini hat unsere Kanzlei im Auftrag der zuständigen italienischen Behörden Nachforschungen angestellt, um mögliche Erben zu finden. Ihre Verbindung zu Aurora Pellegrini ist über entfernte Verwandtschafts- und Verschwägerungslinien nachweisbar, über eine Heirat in früheren Generationen."

Lena runzelte die Stirn. „Aber ich habe keine Familie. Meine Eltern und Großeltern waren alle Einzelkinder. Wir haben nie über Verwandte gesprochen, weil es schlicht keine gab."

„Das ist in der Tat ungewöhnlich", sagte der Anwalt ruhig. „Italienische Familien sind meist groß, mit Cousins, Onkeln, Tanten, es gibt fast immer Verwandte, die irgendwo auftauchen. Dass jemand wie Sie ohne nähere Familie dasteht, ist bei uns äußerst selten." Er machte eine kurze Pause, bevor er hinzufügte: „Aber ich habe gehört, dass das in Deutschland nicht so selten ist. Ein-Kind-Familien sind dort häufiger, richtig?"

„Ja, meine Eltern und Großeltern waren alle Einzelkinder. Es gab nie eine größere Familie, keine Cousins, keine Tanten, nichts."

„Wir haben Ihre Verbindung zu Signora Pellegrini bestätigen können. Sie sind die einzige Person, die als Erbin in Frage kommt. Nach europäischem Recht werden Erben in solchen Fällen durch genealogische Nachforschungen festgestellt, wenn keine direkten Verwandten bekannt sind."

Lena war sprachlos. „Und was hat sie mir hinterlassen?"

„Ein Anwesen an der Amalfiküste, wie gesagt", sagte der Anwalt, seine Stimme blieb professionell, aber warm. „Ein Haus, das seit vielen Jahren im Besitz von Signora Pellegrini war. Die Unterlagen dazu liegen uns vor, und wir werden Ihnen alle Details zusenden, damit Sie sie in Ruhe durchgehen können. Bevorzugen Sie ein Einschreiben mit den Originalen oder eine geschützte E-Mail?"

Lena war einen Moment lang sprachlos. Die Professionalität des Anwalts machte klar, dass es sich hier nicht um einen Scherz handelte. „Eine E-Mail wäre wohl am einfachsten", murmelte sie schließlich.

„Sehr gut. Ihre Kontaktdaten habe ich der Homepage Ihres Blumengeschäfts entnommen. Ich werde dafür sorgen, dass Sie die Dokumente bis spätestens morgen erhalten", sagte er mit ruhiger Überzeugung. „Und wir laden Sie selbstverständlich ein, nach Italien zu kommen, um die Formalitäten persönlich zu besprechen. Es wird sicherlich Klarheit schaffen."

Lena konnte keinen klaren Gedanken fassen. Italien? Eine Erbschaft? Das klang wie etwas, das in einem Buch passieren könnte, aber nicht in ihrem Leben. Sie murmelte etwas von „Ich werde darüber nachdenken", bevor sie den Anruf beendete.

Das Handy glitt aus ihrer Hand und landete sanft auf der Theke. Sie starrte darauf, als würde es gleich wieder klingeln und all ihre Fragen beantworten. Italien. Eine ihr bislang völlig unbekannte Aurora. Ein Anwesen. Der graue Tag um sie herum schien plötzlich weniger bedeutungslos, und ein Gedanke, der sich in ihrem Kopf breit machte, ließ ihr Herz schneller schlagen: *Was, wenn das die Veränderung ist, die ich brauche?*

Kapitel 3

Lena war noch eine Weile fassungslos. Der Gedanke, dass sie eine Erbschaft gemacht haben könnte, fühlte sich vollkommen abwegig an. Ein Anwesen an der Amalfiküste? Von einer Verwandten, die sie nie gekannt hatte? Sie wusste nicht, ob sie lachen oder weinen sollte.

Sie schlenderte zu dem großen Fenster des Ladens und sah hinaus. Draußen war die Straße wie immer belebt, Menschen hasteten mit Regenschirmen und Einkaufstaschen vorbei, doch Lena nahm sie kaum wahr. Ihre Gedanken rasten.

Ihre Familie war klein, immer schon gewesen. Einzelkind, Eltern Einzelkinder, keine Cousins, keine Onkel, keine Tanten, das war ihre Realität. Die Eltern hatten nie viel über die Vergangenheit gesprochen, und Lena hatte das nie in Frage gestellt. Es hatte schlicht keine Geschichten gegeben, die von einer größeren Familie erzählt hätten.

Doch jetzt drängten sich die Fragen mit einer fast beängstigenden Dringlichkeit auf. Wer war diese Aurora Pellegrini?

Die Glocke über der Ladentür erklang, und Lena drehte sich überrascht um. Anna trat ein, einen Pappträger mit zwei Bechern Kaffee und eine kleine Papiertüte in der Hand. Ihre Haare waren leicht zerzaust, und sie schüttelte lachend den Regen von ihrem Mantel.

„Ich dachte, ich bringe dir etwas, bevor du hier endgültig Wurzeln schlägst", sagte Anna und stellte die Sachen auf die Theke.

Lena versuchte zu lächeln, doch ihr Kopf war noch voller Gedanken. „Danke. Ich hatte gerade einen merkwürdigen Anruf."

„Oh?" Anna zog eine Augenbraue hoch und setzte sich auf einen der Hocker neben der Theke. „Was für einen Anruf?"

Lena erklärte ihr alles, die Anwaltskanzlei, den Mann namens Carlo Moretti, die seltsame Erwähnung einer Erbschaft von jemandem, den sie nicht kannte.

Anna hörte aufmerksam zu, bis Lena geendet hatte, dann lehnte sie sich zurück und verschränkte die Arme. „Das klingt eindeutig nach Scam. Du weißt schon, diese Anrufe, bei denen sie dich dazu bringen wollen, irgendwas zu zahlen oder deine Daten preiszugeben."

„Aber er klang so ernsthaft", erwiderte Lena und zog die Stirn in Falten.

„Das ist Teil der Masche. Sie klingen immer überzeugend." Anna griff nach ihrem Kaffee und nahm einen Schluck. „Du solltest da wirklich nicht drauf reinfallen, Lena. Es gibt keine mysteriöse italienische Verwandte, die dir plötzlich eine Erbschaft hinterlässt. Die wollen irgendwas von dir, Geld, Daten, was auch immer. Ignorier das einfach."

Lena starrte auf ihren Becher und fühlte eine leichte Enttäuschung in sich aufsteigen. Ein Teil von ihr hatte gehofft, dass es echt war, dass es eine Verbindung zu etwas Größerem gab, zu einer Geschichte, die sie noch nicht kannte.

„Vielleicht hast du recht", sagte sie schließlich, doch ihre Stimme klang unsicher.

„Natürlich habe ich recht." Anna packte die Papiertüte aus und stellte zwei Stücke Schokokuchen auf die Theke. „Hier, iss was. Schokokuchen löst alle Probleme, selbst die mit angeblichen italienischen Anwälten."

Die beiden lachten, und für einen Moment schien die seltsame Anruf-Geschichte weniger wichtig. Doch das Summen von Lenas Handy unterbrach ihre Gedanken. Sie sah auf das Display.

„Was ist?", fragte Anna, die gerade ihren Becher Kaffee abstellte.

„Eine E-Mail, von dieser Kanzlei", murmelte Lena. Ihre Stirn legte sich in Falten, als sie den Betreff las: „Dokumente zur Erbschaft von Aurora Pellegrini".

„Das darf ja wohl nicht wahr sein", sagte Anna und lehnte sich vor, um auf den Bildschirm zu schauen. „Jetzt schicken die dir auch noch E-Mails? Ich wette, die wollen, dass du irgendwas anklickst, etwas herunterlädst und dir einen Virus einhandelst."

„Ich weiß nicht", erwiderte Lena und öffnete die Nachricht mit zögernden Fingern. Im Anhang befanden sich mehrere PDFs, ein offizielles

Schreiben, das den Besitz eines Hauses an der Amalfiküste bestätigte, laut Begleittext im E-Mail, sowie eine beglaubigte Kopie des Testaments.

„Das sieht ziemlich echt aus", sagte Lena.

„Oder sie sind einfach verdammt gut", warf Anna ein, griff in die Papiertüte und zog ein weiteres Stück Kuchen heraus. „Und? Was steht da?"

Lena klickte auf eines der Dokumente, doch statt sich zu öffnen, erschien eine Aufforderung zur Eingabe eines Passworts. Sie runzelte die Stirn. „Es ist passwortgeschützt."

„Passwortgeschützt? Das klingt nach einem Hacker-Film." Anna biss von ihrem Kuchen ab und sprach mit vollem Mund weiter. „Ich sag's dir, Lena, lass das lieber bleiben. Nachher landest du noch bei irgendeinem Online-Betrüger, der dich ausnimmt."

Doch bevor Lena antworten konnte, vibrierte das Handy erneut. Sie sah eine zweite E-Mail, diesmal mit dem Betreff: „Passwort für geschützte Dokumente".

„Das Passwort lautet: Amalfi1943'", sagte Lena langsam, nachdem sie die Nachricht gelesen hatte.

„Natürlich", sagte Anna trocken. „Die machen sich ja richtig Mühe, damit das überzeugend wirkt."

Lena ignorierte ihre Freundin und gab das Passwort ein. Als die Dateien sich öffneten, starrte sie auf den Bildschirm. Die Kanzlei bestätigte darin, dass sie die alleinige Erbin eines Hauses in der Nähe von Positano sei, einem kleinen Dorf an der Amalfiküste. Weiterhin stand dort, dass das Haus renovierungsbedürftig sei und Lena es sich persönlich ansehen müsse, bevor sie über einen Verkauf oder eine Nutzung entscheiden konnte.

„Das, das kann doch nicht wahr sein", flüsterte Lena.

Anna schüttelte den Kopf. „Oder es ist einfach nur genialer Quatsch. Lena, bitte, sei vorsichtig."

Lena jedoch war gefesselt von den Worten auf dem Bildschirm. Der Gedanke an Italien, an ein altes Haus mit Geschichte, ließ ihr Herz schneller schlagen. Sie sah aus dem Fenster, wo der Regen langsam nachließ.

„Ich weiß nicht", sagte sie, fast mit Trotz in ihrer Stimme. „Was, wenn es echt ist?"

Anna legte die Hand auf ihre Schulter. „Lena, das ist verrückt. Aber wenn du glaubst, dass da was dran ist, dann solltest du herausfinden, ob es echt ist. Aber mach das mit Köpfchen, okay?"

Lena nickte, während sie noch einmal auf den Text starrte. Der Gedanke, nach Italien zu reisen und sich das Haus anzusehen, war beängstigend, und doch aufregend. Es fühlte sich wie eine Tür an, die sich langsam öffnete und sie einlud, hindurchzugehen.

„Was die Sache realistischer macht", sagte Anna, „ist, dass sie von Renovierungsbedarf schreiben. Wenn es Scam wäre, dann würden sie doch behaupten, dass alles in perfektem Zustand ist, oder?"

„Es wäre zu schön, wenn es einfach ein märchenhaftes, schlüsselfertiges Anwesen ist", sagte Lena, denn anstatt enttäuscht zu sein, spürte sie plötzlich ein merkwürdiges Kribbeln, eine Mischung aus Nervosität und Aufregung. „Du meinst, es könnte echt sein?", fragte sie ihre Freundin.

Anna zuckte mit den Schultern und nahm einen letzten Schluck von ihrem Kaffee. „Vielleicht. Aber das bedeutet nicht, dass du nicht vorsichtig sein solltest. Ehrlich gesagt, ich habe immer noch ein komisches Gefühl dabei. Aber wenn du glaubst, dass es echt ist, dann geh dem nach, okay?"

„Okay", stimmte Lena zu.

Anna warf einen Blick auf ihre Uhr und verzog das Gesicht. „Ich muss los. Mein Chef will, dass ich die Präsentation für die nächste Eventreihe überarbeite, bis morgen früh. Und das, obwohl ich ihm schon fünf verschiedene Entwürfe geschickt habe."

Lena hob eine Augenbraue. „Ist das nicht sein Job?"

„Theoretisch schon", sagte Anna und schnappte sich ihre Tasche. „Aber in der Praxis bin ich seine rechte Hand und gleichzeitig die Person, die alles ausbaden darf. Marketing- und Eventmanagement klingt immer so glamourös, bis du merkst, dass es hauptsächlich bedeutet, Deadlines zu jonglieren und niemandem etwas recht zu machen."

„Stress? Wie immer?", fragte Lena mitfühlend.

„Ja genau, wie immer", antwortete Anna, schon auf dem Sprung. „Aber genug von mir. Ruf mich an, wenn du was Neues erfährst, ja? Und bitte, mach nichts Dummes!"

Lena zwang sich zu einem Lächeln. „Keine Sorge. Danke, dass du vorbeigekommen bist."

„Immer doch." Anna drückte ihr freundschaftlich die Schulter. „Und denk dran: Wenn du Zweifel hast, hör auf dein Bauchgefühl. Ich muss jetzt wirklich los."

Als Anna die Tür hinter sich schloss, kehrte die Stille in den Laden zurück. Lena ließ sich auf einen der Hocker sinken, den Kopf voller Gedanken. Der Gedanke, dass Anna sich jeden Tag durch diesen Stress kämpfte, während sie selbst immer noch mit ihren eigenen Entscheidungen haderte, nagte an ihr. *Vielleicht hat sie recht. Vielleicht sollte ich mich wirklich fragen, was ich aus dieser Situation machen will.*

Ihre Augen wanderten zum Fenster. Der Regen hatte nachgelassen, und das Licht der grauen Wolkendecke schimmerte auf den glänzenden Pflastersteinen. Es wirkte, als hätte die Welt kurz innegehalten, um ihr eine Antwort zu geben. Ein Gedanke formte sich langsam, aber unaufhaltsam in ihrem Kopf: *Was wäre, wenn ich wirklich fahre?*

Die Vorstellung war beängstigend. Sie hatte ihr ganzes Leben in dieser Stadt verbracht, und der Laden war ihre einzige Sicherheit. Aber was wäre die Alternative? Weiter jeden Morgen die Tür aufschließen, dieselben Blumen verkaufen, dieselben Gespräche führen?

Sie ließ den Kopf in die Hände sinken, ihr Herz schlug schneller. *Italien. Ein Haus. Eine Geschichte, die darauf wartete, entdeckt zu werden.* Vielleicht war dies die Veränderung, vor der sie sich so lange gefürchtet hatte, und die sie jetzt nicht mehr ignorieren konnte.

Kapitel 4

Kaum eine Woche war vergangen, seit Carlo Moretti angerufen hatte, und doch fühlte es sich an, als hätte sich Lenas Leben auf den Kopf gestellt. Die E-Mails mit den beglaubigten Dokumenten und das Passwort für die geschützten Anhänge hatten die anfängliche Skepsis zwar gemildert, doch die Unsicherheit blieb. War das alles real? Konnte sie wirklich ein Haus an der Amalfiküste geerbt haben?

Nachdem sie sich durch die Unterlagen gearbeitet hatte, entschied Lena, sich Rat bei einem Anwalt zu holen, einem alten Bekannten ihres verstorbenen Vaters. Herr Schäfer hatte früher oft im Blumengeschäft vorbeigeschaut, wenn er auf dem Weg zu Gericht war. Lena erinnerte sich an seine ruhige, freundliche Art und daran, wie er bei einer Tasse Kaffee über Recht und Ordnung gesprochen hatte, während sie als Kind auf einem Hocker hinter der Theke saß.

Später, als ihre Eltern bei einem Unfall ums Leben gekommen waren, war Herr Schäfer es gewesen, der ihr geholfen hatte, die Erbschaft zu regeln. Es war keine große Sache gewesen, eine kleine Wohnung, in der sie jetzt wohnte, und eben dieser Blumenladen, aber in ihrer Trauer hatte Lena sich vollkommen überfordert gefühlt. Herr Schäfer hatte sie geduldig durch die rechtlichen

Formalitäten geführt und ihr geholfen, den Laden offiziell auf ihren Namen zu überschreiben. Ohne seine Unterstützung hätte sie wahrscheinlich nicht gewusst, wo sie anfangen sollte.

Nun saß sie wieder in seiner kleinen Kanzlei, umgeben von alten Holzregalen voller Aktenordner, und erklärte ihre Situation und den seltsamen Fall einer Erbschaft in Italien. Herr Schäfer murmelte hin und wieder ein „Hm" oder „Interessant" vor sich hin, während Lena ihm alles erzählte, auch über ihre Zweifel, ob das nicht doch ein Betrugsfall sein könnte.

„Die Dokumente sind auf Italienisch", sagte Lena, als sie ihm die Unterlagen übergab. „Ich habe ja viele Italienischkurse belegt, und meine Kenntnisse reichen für alltägliche Dinge, aber bei rechtlichen Texten bin ich unsicher. Ich wollte sicher sein, dass alles korrekt ist, bevor ich etwas entscheide." Lena war es peinlich, sich in formalen Dingen derart unbedarft zu fühlen, und doch musste sie sich eingestehen, dass sie froh war, diese Verantwortung abgeben zu können.

Herr Schäfer nahm die Dokumente entgegen und nickte bestätigend. „Die Sprache des Rechts ist schon in der Muttersprache kompliziert genug. Auf Italienisch, da sollte man wirklich ganz sicher gehen, dass keine Details übersehen werden. Rechtliche Dokumente können sehr knifflig sein. Ich werde einen Übersetzer beauftragen, der sich auf juristische Texte spezialisiert hat. Wir sollten nichts übersehen."

Lena atmete erleichtert aus. „Danke, das wäre mir wirklich wichtig."

„Lassen Sie uns das gleich in die Wege leiten," sagte er, griff zum Telefon und arrangierte die Übersetzung. „Es wird ein paar Tage dauern, bis die Unterlagen vollständig übersetzt sind, aber ich lasse Ihnen alles zuschicken. Sie können die deutsche Version in Ruhe prüfen, bevor Sie Ihre Entscheidung treffen."

Kapitel 5

Einige Tage später kehrte Lena in die Kanzlei zurück, um die Übersetzungen durchzugehen. Herr Schäfer hatte alles vorbereitet, und die Dokumente lagen ordentlich in einem schlichten Hefter auf seinem Schreibtisch.

„Hier sind die Übersetzungen," sagte Herr Schäfer, während er die Papiere durchblätterte. „Ich habe alles überprüft, und es scheint keine Unstimmigkeiten zu geben. Die Kanzlei Moretti & Bellini hat alle rechtlichen Vorgaben eingehalten, und das Testament ist ordnungsgemäß beglaubigt."

Lena beugte sich vor, als Herr Schäfer begann, aus dem Testament vorzulesen:

„Ich, Aurora Pellegrini, von gesundem Geist und freiem Willen, verfüge hiermit über meinen gesamten Nachlass, insbesondere über mein Haus in Atrani an der Amalfiküste.

Dieses Haus ist für mich ein Zufluchtsort und eine Quelle der Inspiration. Es ist meine größte Freude, hier Kunst zu schaffen und die Schönheit der Welt festzuhalten. Ich wünsche mir, dass dieses Haus weiterhin ein Ort der Kreativität bleibt.

Es darf nach meinem Ableben nicht abgerissen werden, noch soll es jemals verfallen. Es soll bewahrt werden, sei es als Atelier oder Raum für Kunst und Begegnung. Mein Wunsch ist, dass dieses Hauses mit Respekt und Liebe für seine Geschichte behandelt wird.

Da ich keine direkte Familie habe, vertraue ich darauf, dass die Behörden einen Nachbesitzer finden, der mein Vermächtnis versteht und respektiert.

Dieses Haus hat eine Seele, und ich wünsche mir, dass es ein Ort der Erneuerung und des Glücks bleibt."

„Das ist wunderschön", sagte Lena, als Herr Schäfer den Text beendete. „Also glauben Sie, dass das kein Betrug ist?" fragte sie.

Herr Schäfer nickte. „Ja. Das Testament ist authentisch, und die Kanzlei existiert tatsächlich. Es gibt keinen Grund, daran zu zweifeln."

Lena seufzte. Eine Last schien von ihren Schultern zu fallen, doch gleichzeitig blieb die Angst vor dem Unbekannten. „Aber was ist, wenn ...", begann sie, doch Herr Schäfer unterbrach sie sanft.

„Lena, Ihre Eltern haben Ihnen beigebracht, Risiken zu wägen und Chancen zu erkennen", sagte er mit ruhiger Stimme. „Dies hier könnte eine große Chance sein. Es ist ein seltenes Geschenk, ein Neuanfang, wenn Sie bereit sind, ihn anzunehmen. Und wenn es sich als kompliziert herausstellt, bin ich da, um Ihnen zu helfen."

Lena sah ihn an. Seine Worte hatten eine beruhigende Wirkung, wie eine Erinnerung an die Stimme ihres Vaters, der sie immer ermutigt hatte, über den Tellerrand hinauszuschauen.

„Sie denken, ich sollte es wagen?" fragte sie.

„Selbstverständlich", antwortete Herr Schäfer mit einem Lächeln. „Es geht ja auch um einen materiellen Wert, das nur nebenbei. Aber vertrauen

Sie Ihrem Instinkt. Schauen Sie sich das Anwesen an. Vielleicht finden Sie dort nicht nur ein Haus, sondern auch ein Stück von sich selbst."

Diese Worte hatten den letzten Anstoß gegeben. Noch am selben Abend würde Lena an ihrem Laptop sitzen und einen Flug nach Neapel buchen. Ihre Unsicherheit war nicht verschwunden, aber sie spürte zum ersten Mal einen Hauch von Aufregung, ein Gefühl, dass dies der Anfang von etwas Besonderem sein könnte.

Kapitel 6

Lenas Finger glitten über die Oberfläche des Handys, zögernd, bevor sie auf die Nummer der Kanzlei tippte, die in der E-Mail angegeben war. Als die Verbindung hergestellt wurde, fühlte sie sich, als hätte sie eine Tür aufgestoßen, die sich nicht mehr schließen ließ.

„Buongiorno, qui parla Carlo Moretti."

Lenas Stimme war leise, aber bestimmt. „Guten Tag, Signor Moretti, ich bin's, Lena Hartmann. Ich möchte die Reise antreten. Können Sie mir sagen, wie ich am besten vorgehe?"

Auf der anderen Seite der Leitung herrschte einen Moment Stille, dann sprach der italienische Anwalt mit einem Lächeln in der Stimme: „Das ist eine wundervolle Entscheidung, Signora Hartmann. Ich freue mich, Sie bald hier in Italien willkommen zu heißen. Ich werde Ihnen alle Details zukommen lassen und Sie bei jedem Schritt unterstützen."

Als Lena auflegte, hielt sie das Handy noch eine Weile in der Hand und atmete tief durch. Die Schwere ihrer Unsicherheit wich einem Hauch von Aufregung. Der Gedanke, das Haus zu sehen, den Ort zu betreten, von dem sie bisher nur gehört hatte, ließ ihr Herz schneller schlagen. Es fühlte sich an, als hätte sie gerade den ersten Schritt in eine unbekannte Welt gemacht, voller Möglichkeiten und Risiken, und dennoch verspürte sie ein Kribbeln vor Aufregung. Und zum ersten Mal seit langer Zeit konnte sie den nächsten Tag kaum erwarten.

Kapitel 7

Lena hatte lange darüber nachgedacht, wie sie den Blumenladen während ihrer Abwesenheit betreuen sollte. Die Pflanzen brauchten Pflege, und die Kunden waren es gewohnt, täglich frische Blumen zu finden. Schließlich hatte die zuverlässige Anna eine Idee vorgeschlagen, die Lena zunächst überrascht hatte.

„Ich könnte den Laden ja irgendwie weiterführen, während du weg bist", hatte Anna gesagt, während sie mit Lena in der kleinen Küche saß und eine Tasse Tee trank. „Ich habe viel zu viel Stress im Büro. Ein paar Wochen Urlaub würden mir guttun, und wer weiß, vielleicht ist das genau die Pause, die ich brauche."

„Bist du sicher?", Lena hatte sie skeptisch angesehen. „Das ist viel Arbeit, und du hast noch nie einen Laden geführt."

„Ich bin mir sicher", hatte Anna geantwortet und dabei gelächelt. „Ich werde dich nicht ersetzen können, aber ich kenne die Abläufe. Ich habe ja in den Schulferien immer deiner Mama geholfen. Na ja, das ist schon eine Weile her, aber du weißt, wie organisiert ich bin. Außerdem ist es ja nur für zwei Wochen. Ich bin sicher, dass ich es schaffe. Und ehrlich gesagt, Blumen machen mich irgendwie glücklich, das ist mal was anderes als Deadlines und PowerPoint-Präsentationen."

Schließlich hatte Lena eingewilligt. Gemeinsam hatten sie einen Plan ausgearbeitet. Anna nahm sich Urlaub, und Lena zeigte ihr in den folgenden Tagen alles, was wichtig war, vor allem die Bestellungen und Lieferungen.

„Es ist schon irgendwie merkwürdig, das alles dir zu überlassen", hatte Lena zugegeben, während sie die letzte Liste mit Anweisungen schrieb.

„Mach dir keine Sorgen", hatte Anna gesagt. „Das wird eine gute Abwechslung für mich. Und für dich ist es die Chance, dir das anzusehen, was dich so neugierig macht. Ich verspreche dir, der Laden wird im perfekten Zustand sein, so, wie du ihn hinterlassen hast."

Jetzt, wo der Laden in Annas Händen war, spürte Lena eine Mischung aus Freiheit und Unruhe. Es war ein seltsames Gefühl, loszulassen. Der Laden war nicht nur ein Erbe ihrer Mutter, sondern auch ein Anker in ihrem Leben. Doch jetzt, mit Annas Hilfe, war es, als würde sie zum ersten Mal die Leinen lösen und sich auf das offene Meer wagen.

„Eine kleine Auszeit", hatte sie auch zu Frau Bergmann gesagt, einer Stammkundin, die sie mit einer Mischung aus Besorgnis und Neugier angesehen hatte.

„Italien?", hatte Frau Bergmann erstaunt gefragt, während sie eine Hand auf ihre altmodische Handtasche legte. „Das klingt aufregend, aber auch ungewiss."

Lena hatte gelächelt, versucht, die eigene Unsicherheit zu überspielen. „Ja, vielleicht ist es das. Aber manchmal muss man etwas wagen, oder?"

Frau Bergmann hatte genickt, ein wissender Ausdruck auf ihrem Gesicht. „Das stimmt. Wer nicht wagt, der nicht gewinnt."

Während Lena die Tür hinter Frau Bergmann schloss, spürte sie, wie ein leises Kribbeln sich in ihrer Brust ausbreitete. Italien. Ein Haus. Eine völlig unbekannte Zukunft, die auf sie wartete.

Kapitel 8

Lena stand vor ihrem Koffer und starrte auf den chaotischen Haufen Kleidung, den sie auf ihrem Bett ausgebreitet hatte. Zwischen Sommerkleidern, T-Shirts und ein paar bequemen Jeans lag ein dünner Reiseführer über Italien, den sie sich in der Buchhandlung gegenüber von ihrem Blumenladen gekauft hatte. Der Gedanke, dass sie bald tatsächlich in einem Flugzeug sitzen würde, um ein unbekanntes Land und eine noch unbekanntere Zukunft zu erkunden, fühlte sich immer noch unwirklich an.

„Was packt man ein, wenn man nicht weiß, was einen erwartet?", murmelte sie, während sie ein luftiges Sommerkleid zur Seite legte und stattdessen eine Strickjacke in den Koffer steckte.

Die letzten Tage waren ein Wirbelsturm gewesen, Vorbereitungen, letzte Anweisungen für Anna, endlose Listen, die sie überprüft und doppelt überprüft hatte. Nun, da alles erledigt war, fühlte sie sich seltsam leer.

Sie schloss den Koffer, nachdem sie endlich entschieden hatte, was sie mitnehmen würde. Viel zu früh fertig, ließ sie sich extra Zeit, doch die Nervosität ließ sie nicht stillsitzen. Ihr Flug ging am nächsten Morgen, und sie hatte sich vorgenommen, den Abend bei einem Glas Wein auf ihrem kleinen Balkon zu verbringen, um die Entscheidung noch einmal zu überdenken, nicht, dass es etwas geändert hätte.

Draußen wehte ein kühler Wind, und Lena zog ihre leichte Strickjacke enger um sich, während sie den ersten Schluck aus ihrem Weinglas nahm. Es war ein einfacher Weißwein, er schmeckte angenehm leicht.

Ihr Blick schweifte über den kleinen Garten, in dem sich die letzten Sonnenstrahlen des Tages auf den feuchten Blättern der Pflanzen brachen. Es fühlte sich an wie der letzte Moment der Stille, bevor etwas Neues begann. Sie atmete tief ein und spürte, wie eine seltsame Mischung aus Angst und Vorfreude durch sie hindurchströmte.

Auf dem kleinen Tischchen vor ihr lag eine gedruckte E-Mail der Kanzlei mit den Reisedetails, die Moretti ihr geschickt hatte. Ein Fahrer würde sie am Flughafen in Neapel abholen und direkt zur Kanzlei bringen, wo sie die restlichen Formalitäten besprechen würden. Von dort aus sollte sie zu dem Anwesen reisen, das in einem kleinen Dorf namens Atrani lag, einer der vielen versteckten Perlen an der Amalfiküste.

Lena nahm das Blatt in die Hand und las es noch einmal, obwohl sie den Text bereits auswendig konnte. „Atrani", flüsterte sie, und ein kleines Lächeln huschte über ihr Gesicht. Es klang wie ein Ort, den sie in einem Märchenbuch gelesen hatte, ein verstecktes Paradies, das darauf wartete, entdeckt zu werden.

„Italien", murmelte sie. Das Wort klang wie ein Versprechen, wie eine Geschichte, die darauf wartete, erzählt zu werden. Sie nahm noch einen Schluck Wein und ließ den Moment auf sich wirken. Morgen würde sie die erste Seite umblättern, und obwohl sie Angst hatte, fühlte sie sich gleichzeitig bereit für das, was kommen mochte.

Mit einem letzten Blick auf die ruhige Szenerie des Gartens stand Lena auf, nahm das Weinglas und ging hinein. Der Abend war kühl geworden, und sie wusste, dass sie eine gute Nacht brauchen würde. Morgen würde ein neues Kapitel beginnen, ein Kapitel voller Unbekanntem, aber vielleicht auch voller Möglichkeiten.

Kapitel 9

Der Flughafen war geschäftiger, als Lena erwartet hatte. Menschen eilten mit Koffern und Taschen an ihr vorbei, die Stimmen in verschiedenen Sprachen vermischten sich zu einem chaotischen Hintergrundgeräusch. Lena zog ihren kleinen Koffer hinter sich her, während Anna neben ihr lief, einen Pappbecher mit Kaffee in der Hand.

„Ich kann immer noch nicht glauben, dass du das wirklich machst", sagte Anna und warf Lena einen Seitenblick zu.

„Ich auch nicht", gab Lena zu und versuchte ein Lächeln, doch ihre Nervosität war nicht zu übersehen.

„Du schaffst das", sagte Anna und rempelte sie leicht mit der Schulter an. „Du bist die mutigste Person, die ich kenne. Und wenn es ein Reinfall ist, kommst du einfach zurück. Nichts ist für immer."

„Danke", murmelte Lena, während sie den Blick durch die Abflughalle schweifen ließ. „Ohne dich hätte ich mich das nie getraut."

Anna grinste. „Das weiß ich." Dann wurde sie ernster. „Aber jetzt mal ehrlich, Lena: Du machst das für dich. Nicht für deine Eltern, nicht für mich. Nur für dich. Und genau deshalb wird es großartig."

Als sie schließlich am Sicherheitsbereich ankamen, sagte Anna: „Das Einzige, was ich dir nicht verzeihe, ist, wenn du mir keine Fotos von diesem mysteriösen Haus schickst. Und vom Meer. Und von den Italienern."

Lena lachte, umarmte ihre Freundin fest und spürte, wie ihre Anspannung für einen Moment nachließ.

Das Einchecken verlief reibungslos, und Anna wartete, bis Lena im Sicherheitsbereich verschwunden war. Erst als Lena vor dem Gate saß, wurde ihr die Tragweite ihrer Entscheidung richtig bewusst. Sie zog ihr Handy hervor und schrieb Anna eine Nachricht: *Bin jetzt am Gate. Drück mir die Daumen.*

Wenige Sekunden später kam die Antwort: *Immer. Und mach bitte etwas, das du noch nie getan hast: Genieß es!*

Lena lächelte und legte das Handy weg. Sie atmete tief ein, sah hinaus auf das Flugzeug, das auf dem Rollfeld wartete, und fühlte, wie sich die Nervosität mit einer leisen Vorfreude mischte.

Lena hielt ihr Handy fest in der Hand und scrollte durch die Bildergalerie. Zwischen den Fotos von Blumenarrangements und Momentaufnahmen aus dem Laden fand sie ein Bild, das Anna vor ein paar Tagen von ihr gemacht hatte, lächelnd, mit einem Glas Wein in der Hand. Sie hatte es geschickt, um sie zu ermutigen, und darunter geschrieben: *Das bist du, Lena. Mutig und bereit für mehr.*

Mutig. Lena war sich nicht sicher, ob sie das wirklich war. Aber jetzt gab es kein Zurück mehr. Die Durchsage am Gate kündigte den Beginn des Boardings an, und sie stand auf, ihr Herz schlug schneller.

Kapitel 10

Der Flug nach Neapel verlief ruhig, doch Lena war zu aufgewühlt, um zu schlafen. Sie starrte aus dem Fenster, wo sich die Wolken wie Watte unter dem Flügel des Flugzeugs ausbreiteten, und ließ ihre Gedanken schweifen. Wie wird es sein? Wie wird das Haus aussehen? Die Fragen schienen endlos, doch die Antworten lagen irgendwo vor ihr, verborgen in einem Land, das sie bisher nur aus Büchern und Filmen kannte.

Als das Flugzeug zur Landung ansetzte und die Küstenlinie von Neapel unter ihr auftauchte, fühlte Lena einen Hauch von Aufregung. Die Stadt erstreckte sich mit ihren roten Dächern und engen Straßen vor dem azurblauen Meer, eingerahmt von Hügeln und dem majestätischen Vesuv im Hintergrund. Es war ein Anblick, der ihr den Atem raubte.

Am Ausgang des Flughafens hielt Lena Ausschau nach ihrem Fahrer, wie es in den Unterlagen beschrieben war. Ein Mann in einem eleganten Anzug hielt ein Schild mit ihrem Namen hoch: *„Lena Hartmann"* Er lächelte höflich, als sie auf ihn zuging.

„Signora Hartmann?", fragte er auf Englisch mit einem deutlichen italienischen Akzent.

„Ja, das bin ich." Lena fühlte sich plötzlich etwas verloren.

„Willkommen in Neapel. Ich bin Marco, Ihr Fahrer. Ich bringe Sie nach Salerno zur Kanzlei Moretti & Bellini."

Sie nickte und folgte ihm zu einem schwarzen Wagen, der direkt vor dem Eingang geparkt war. Während der Fahrt sprach Marco nur das Nötigste, und Lena war froh darüber. Sie war zu sehr damit beschäftigt, die Eindrücke aufzusaugen: das Gewirr der Mopeds auf den Straßen, die hellen Fassaden der Häuser, die Wäsche, die zwischen den Gebäuden an Leinen hing. Alles wirkte so anders, so voller Leben.

Als sie schließlich vor einem eleganten Gebäude im Zentrum Salernos hielten, spürte Lena, wie ihr Puls sich beschleunigte. Dies war der erste Schritt in ein Abenteuer, das sie sich nie hätte vorstellen können. Marco öffnete die Tür und wies auf den Eingang.

„Die Kanzlei befindet sich im dritten Stock. Signor Moretti erwartet Sie bereits."

Lena atmete tief durch, griff nach ihrer Tasche und trat durch die hohen Türen. Sie fühlte sich, als würde sie in eine andere Welt eintreten, eine, in der ihre Vergangenheit keine Rolle spielte und ihre Zukunft sich erst noch entfalten würde.

Lena trat aus dem Aufzug in den dritten Stock, und das leise Summen des Fahrstuhls verstummte hinter ihr. Die Türen der Kanzlei Moretti & Bellini waren aus dunklem Holz mit einem Messingschild, das den Namen der Kanzlei in eleganter Schrift trug. Sie strich sich nervös eine Haarsträhne aus dem Gesicht, bevor sie klopfte.

„Avanti!", erklang eine kräftige Stimme.

Lena öffnete die Tür und trat ein. Der Empfangsbereich war schlicht, aber geschmackvoll eingerichtet, helle Wände, ein großer Holztisch, auf dem ein frischer Blumenstrauß stand, und Bücherregale voller dicker, ledergebundener Bände. Hinter dem Empfangstisch saß eine junge Frau mit einem freundlichen Lächeln.

„Signora Hartmann?", fragte sie auf Englisch.

„Ja, genau", antwortete Lena, ihre Stimme ein wenig zögerlich.

„Signor Moretti erwartet Sie. Bitte folgen Sie mir."

Die Empfangsdame führte Lena in ein angrenzendes Büro. Der Raum war großzügig, mit hohen Fenstern, die einen Blick auf die geschäftigen Straßen von Salerno boten. Hinter einem massiven Schreibtisch aus dunklem Holz erhob sich ein Mann, der etwa Mitte sechzig sein musste. Seine grauen Haare waren akkurat geschnitten, und seine Augen funkelten freundlich hinter einer schmalen Brille.

„Signora Hartmann! Benvenuta!", begrüßte er sie mit ausgebreiteten Armen.

„Danke, Signor Moretti", sagte Lena auf Italienisch und war selbst überrascht, wie natürlich es sich anfühlte.

Der Anwalt hielt inne, dann brach ein breites Lächeln auf seinem Gesicht aus. „Ah, Sie sprechen

Italienisch! Wie wunderbar! Das macht alles viel einfacher."

Lena lächelte. „Nur ein bisschen. Ich habe vor ein paar Jahren einen Kurs an der Volkshochschule begonnen. Es war damals, als ..." Sie stockte kurz, bevor sie den Satz beendete. „... als meine Eltern bei einem Unfall ums Leben kamen. Ich brauchte etwas, um mich abzulenken."

Morettis Gesichtsausdruck veränderte sich, sein Lächeln wurde sanfter. „Mi dispiace. Das tut mir sehr leid, Signora Hartmann. Aber ich bewundere Ihren Mut, sich trotz allem auf eine neue Sprache einzulassen. Und sehen Sie, heute zahlt es sich aus."

Er zeigte auf einen Sessel vor seinem Schreibtisch. „Setzen Sie sich, bitte. Ihr Italienisch ist hervorragend. Wir sprechen langsam, und Sie sagen einfach Bescheid, wenn etwas unklar ist, ja?"

Lena spürte, wie sich ein Teil ihrer Anspannung löste. Die Wärme und Geduld des Mannes erinnerten sie an ihren Vater, der immer mit einer ruhigen, besonnenen Art Probleme angegangen war. Es war lange her, dass sie sich so umsorgt gefühlt hatte.

„Also, Signora Hartmann", begann Moretti, als er sich wieder setzte. „Ihre Tante, oder genauer gesagt, Ihre entfernte Verwandte, Aurora Pellegrini hat Ihnen etwas Außergewöhnliches hinterlassen. Aber wie ich aus den Unterlagen entnehme, wussten Sie nichts von ihrer Existenz?"

Lena schüttelte den Kopf. „Nein. Ich war immer überzeugt, dass meine Familie sehr klein ist.

Einzelkinder in jeder Generation, niemand hat je von irgendwelchen Verwandten gesprochen."

„Das ist nicht ungewöhnlich." Moretti nahm ein Dokument aus einer Mappe und legte es vor Lena. „Aurora war Ihre verschwägerte Großtante vierten Grades. Sie lebte seit ihrer Jugend in Italien und hatte keinen Kontakt zu ihrer deutschen Familie."

„Das Haus, das sie Ihnen hinterlassen hat, ist eine wahre Perle, auch wenn es ein wenig Pflege benötigt", fuhr Moretti fort. „Es liegt in Atrani, einem kleinen, charmanten Dorf an der Amalfiküste. Wir haben noch weitere Fotos gemacht, ganz aktuelle, damit Sie sich ein erstes Bild machen können."

Er schob ihr ein Tablet über den Tisch, auf dem Bilder des Hauses zu sehen waren. Lena sah die bröckelnden Mauern, die üppigen Bougainvilleen, die sich an der Fassade emporrankten, und den atemberaubenden Blick auf das Meer. Ihr Atem stockte.

„Es ist wunderschön", sagte sie.

„Das ist es", bestätigte Moretti. „Aber es braucht jemanden, der ihm neues Leben einhaucht. Ich bin überzeugt, dass Sie genau die Richtige dafür sind."

Seine Worte drangen tief in sie ein, und Lena fühlte eine seltsame Mischung aus Ehrfurcht und Verantwortung. Dieses Abenteuer war größer, als sie erwartet hatte, und doch spürte sie, dass es genau das war, wonach sie gesucht hatte, ohne es zu wissen.

Kapitel 11

„Natürlich verstehen wir, dass es eine große Verantwortung ist", fuhr Moretti fort, während Lena weiter die Fotos betrachtete. „Aber glauben Sie mir, dieses Haus hat etwas Besonderes. Es liegt nicht nur wunderschön an der Küste, es hat auch eine Seele, die Seele von Aurora und den Menschen, die es früher bewohnt haben."

Lena sah von den Bildern auf und musterte ihn. „Sie sprechen von ihr, als hätten Sie sie gut gekannt."

Ein nachdenkliches Lächeln huschte über sein Gesicht. „Ja, ich kannte sie gut. Ich habe sie zum ersten Mal getroffen, als sie vor vielen Jahren das Haus erbte. Die Formalitäten hatte unsere Kanzlei übernommen. Es war Neuanfang für sie. Sie kam aus Neapel. Sie sprach nicht über ihre Vergangenheit, aber ich hatte das Gefühl, dass sie viel Schmerz und Enttäuschung hinter sich ließ."

„Warum?", fragte Lena .

Moretti zuckte leicht mit den Schultern. „Sie hat es nie direkt gesagt. Aber sie erwähnte manchmal, dass sie sich nie verstanden fühlte, als wäre ihre Leidenschaft für die Kunst nicht etwas, das man unterstützte, sondern etwas, das man belächelte. Sie wollte sich davon lösen, ein Leben führen, das wirklich ihr eigenes war. Atrani wurde ihr Zuhause, ihr Zufluchtsort."

„Als Aurora nach Atrani kam, hatte sie nichts, keine Arbeit, kein Geld, nur einen Koffer und den Wunsch nach einem Neuanfang", erzählte Moretti weiter. „Sie fand schließlich eine Stelle als Hausangestellte bei Signora Battaglia, einer älteren Dame aus einer angesehenen Familie hier aus der Region. Es hätte eine einfache Anstellung sein können, aber Aurora war alles andere als gewöhnlich."

„Was meinen Sie damit?", fragte Lena.

Moretti lächelte. „Sie war charmant, klug und unglaublich belesen. Die Signora schätzte nicht nur Auroras Arbeit, sondern auch ihre Gesellschaft. Bald war sie mehr als nur eine Angestellte, sie wurde eine Vertraute, fast wie eine Tochter. Aurora kümmerte sich um die Signora in ihren letzten Jahren mit einer Hingabe, die man selten sieht."

„Und dann hat sie ihr das Haus hinterlassen?"

„Ja", bestätigte Moretti. „Die Signora hatte keine Kinder und wollte, dass das Haus in gute Hände kommt. Sie wusste, dass Aurora es lieben würde, und das tat sie. Für Aurora war dieses Haus nicht nur ein Zuhause, es war ein Symbol für ihren Neuanfang, für alles, was sie sich erkämpft hatte."

Lena sah auf die Fotos des Hauses in ihrer Hand, und eine seltsame Wärme breitete sich in ihr aus. Vielleicht lag tatsächlich eine Art von Schicksal in diesem Ort. Sie schwieg eine Weile, dachte darüber nach, was sie über ihre entfernte Verwandte gehört hatte. Eine Frau, die sich von ihrer Vergangenheit gelöst hatte, um ihren Träumen zu folgen. Lena begann zu fühlen, dass das Haus so viel mehr war als nur eine Erbschaft. Sie legte das Tablet zurück auf den Tisch und sah Moretti an. „Was genau muss ich tun, um das Haus offiziell zu übernehmen?"

„Nun, die rechtliche Situation ist eindeutig," erklärte der Anwalt. „Es gibt kein Testament, das Sie direkt nennt, wie Sie ja wissen. Aber die Nachforschungen haben Sie als die einzige nachweisbare Nachkommin aus der verwandtschaftlichen Linie identifiziert. Damit sind Sie gemäß italienischem Recht die gesetzliche Erbin des Anwesens."

Er lehnte sich zurück und fügte hinzu: „Alles, was nötig ist, ist Ihre Zustimmung, das Erbe anzunehmen. Sie können sich Zeit lassen, das Haus zu besichtigen und die Unterlagen zu prüfen, bevor Sie eine Entscheidung treffen. Ich würde jedoch empfehlen, nicht zu lange zu warten. Das Anwesen benötigt Pflege, und es wäre schade, wenn es weiter verfällt."

Lena nickte. Obwohl sie versucht war, sofort Ja zu sagen, spürte sie auch das Gewicht dieser Entscheidung. Ein Teil von ihr war immer noch skeptisch, ob sie das alles bewältigen konnte.

„Ich werde das Haus besichtigen", sagte sie. „Aber was passiert, wenn ich mich entscheide, das Erbe nicht anzutreten?"

Moretti seufzte und faltete die Hände vor sich. „Dann würde das Anwesen an den italienischen Staat fallen und zur Versteigerung freigegeben. Ein großer Investor würde es billig erwerben, abreißen und einen Hotelkomplex aus Beton bauen ... es wäre unschön und bedauerlich, denn es ist ein einzigartiger Ort, der in guten Händen ein kleines Paradies sein könnte. Aber die Entscheidung liegt allein bei Ihnen."

Er hielt inne und fügte hinzu: „Was die Wünsche von Signora Pellegrini betrifft, die sie in ihrem Testament geäußert hat, dass das Haus erhalten bleiben soll, nicht abgerissen werden darf und als Ort der Kunst dient, solche Wünsche sind rechtlich nicht bindend. Sobald Sie das Erbe annehmen, haben Sie die Freiheit, damit zu tun, was Sie für richtig halten. Desgleichen, wenn das Erbe an die Gemeinde von Atrani fällt. Niemand ist rechtlich gebunden, den Wünschen der Signora Pellegrini zu entsprechen, das ist leider so."

Moretti sah Lena direkt an. „Das bedeutet, dass es allein an Ihnen liegt, ob Sie die Vision Ihrer entfernten Verwandten respektieren möchten oder nicht. Natürlich könnten Sie es auch verkaufen, wenn Sie das bevorzugen. Die endgültige Verantwortung liegt bei Ihnen."

Lena starrte auf die Dokumente vor sich. Das Wort Verantwortung hatte plötzlich eine neue Dimension angenommen. Aber gleichzeitig fühlte sie auch eine seltsame Art von Neugier, eine Sehnsucht, herauszufinden, was dieses Haus und diese Geschichte für sie bedeuten könnten.

„Wie komme ich dorthin? Zum Haus meiner ... nun ja, Tante", fragte sie schließlich. Obwohl Lena diese entfernte Verwandte nie gekannt hatte, fühlte sie sich ihr seltsam verbunden. Irgendwie war sie doch so etwas wie eine Tante für sie, zumindest auf dem Papier.

„Sehr einfach." Moretti lächelte. „Sie lassen sich von Marco chauffieren, der Sie direkt nach Atrani bringt. Es ist keine lange Fahrt, weniger als eine Stunde von hier. Wenn Sie möchten, kann er Sie schon heute Nachmittag hinbringen. Sie haben genug Zeit, sich umzusehen und Ihre ersten Eindrücke zu sammeln."

Lena zögerte. Heute schon? Es fühlte sich plötzlich alles so schnell an. Aber was sollte sie sonst tun? In irgendeinem Hotel einfach nur abwarten? Das ergab keinen Sinn.

„Gut", sagte sie schließlich. „Ich fahre heute zum Haus von Tante Aurora."

„Tante Aurora? Perfetto!" Moretti klatschte leicht in die Hände und lehnte sich zurück. „In Italien sagen wir oft ‚Tante' zu älteren Damen, vor allem, wenn wir sie respektieren oder sie uns nahe stehen. In Ihrem Fall passt das tatsächlich, zumindest über die entfernte Verwandtschaft. Es ist eine schöne Art, die Verbindung zu würdigen."

Lena lächelte leicht. Der Gedanke, Aurora als „Tante" zu bezeichnen, fühlte sich vertrauter an, als sie erwartet hatte. Vielleicht war das ein Anfang, um sich dieser überraschenden Erbschaft emotional anzunähern.

„Ich habe alles arrangiert", fuhr Moretti fort, „Marco, unser Fahrer, wird Sie in Kürze abholen und direkt in die Pension bringen."

„Eine Pension?" fragte Lena überrascht.

„Ja, La Casa di Giulia", erklärte Moretti mit einem breiten Lächeln. „Eine kleine, charmante Unterkunft, geführt von Giulia, einer Bekannten der Kanzlei. Sie wird dafür sorgen, dass es Ihnen an nichts fehlt."

„Das klingt perfekt", sagte Lena, erleichtert, dass sie sich nicht um die Unterkunft kümmern musste.

„Giulia kennt die Gegend wie ihre Westentasche und wird Ihnen sicher Geschichten erzählen, die Sie nirgendwo sonst hören würden", fügte Moretti hinzu. „Und ihr Frühstück? Es ist legendär."

Lena lächelte, ein Hauch von Vorfreude stieg in ihr auf. „Vielen Dank, Signor Moretti. Ich freue mich darauf."

„Marco kennt die Strecke gut. Er wird Sie sicher nach Atrani bringen," sagte Moretti weiter. „Sie haben ihn ja bereits auf der Fahrt von Neapel nach Salerno kennengelernt."

Lena nickte. „Ja, er war sehr nett."

„Perfetto," wiederholte Moretti und stand auf. „Ich lasse Ihnen noch einen Kaffee bringen, während Sie auf ihn warten. Er wird in weniger als zwanzig Minuten hier sein."

Kurz darauf saß Lena mit einer Tasse dampfendem Espresso an einem kleinen Tisch in der Kanzlei. Sie blickte aus dem Fenster, wo das geschäftige Treiben Salernos einen Kontrast zu der stillen Aufregung in ihrem Inneren bildete.

Bevor sie das Büro verließ, hielt Moretti sie noch einmal zurück. „Oh, und Signora Hartmann, falls Sie sich Sorgen wegen der Kosten machen: Neben dem Anwesen gibt es auch eine kleine Barschaft, die alle anfallenden Ausgaben für den Anfang decken wird. Es ist beileibe kein Vermögen, aber zumindest müssen Sie sich keine Gedanken wegen einer zusätzlichen finanziellen Belastung durch diese Erbschaft machen."

Lena konnte es kaum glauben, die Großzügigkeit des Ereignisse war überwältigend. „Das ist unglaublich. Ich weiß gar nicht, was ich sagen soll."

Moretti lächelte warm. „Ich denke, Sie werden das Haus bald genauso sehen wie Ihre … nun ja, Ihre Tante: als ein Geschenk des Schicksals."

Moretti reichte ihr die Hand. Sein fester Händedruck vermittelte Zuversicht und Stabilität, und für einen Moment fühlte sie sich wie ein Teil von etwas Größerem, das sie noch nicht ganz verstand.

„Danke, Signor Moretti", sagte sie.

„Grazie a lei, Signora Hartmann. Und vergessen Sie nicht: Es ist nicht nur das Haus, das Sie erwartet. Es ist eine ganze Geschichte, die darauf wartet, entdeckt zu werden."

Ein vertrauter Schatten erschien im Türrahmen. Marco trat ein, ein Lächeln auf seinem Gesicht.

„Signora Hartmann," sagte er. „Sind Sie bereit für die nächste Etappe Ihrer Reise?"

Lena nickte, nahm ihre Tasche, in die sie die Dokumente verstaut hatte, und folgte Marco nach draußen. Die ruhige Präsenz ihres Fahrers beruhigten sie. Während sie in den Wagen stieg, fühlte sie, wie eine Mischung aus Neugier und Hoffnung in ihr aufstieg.

Die nächste Etappe ihrer Reise stand bevor, und Lena wusste nicht, ob sie mehr Angst oder mehr Vorfreude empfand. Vielleicht war es von beidem ein bisschen.

Kapitel 12

Die Fahrt aus Salerno hinaus war zunächst chaotisch, aber bald wurde die Stadt hinter ihnen kleiner, und die Landschaft veränderte sich. Zypressen, Olivenbäume und terrassenförmig angelegte Weinberge säumten die Straßen, die sich immer enger durch die Hügel schlängelten. Das Blau des Meeres blitzte immer wieder zwischen den Hügeln hindurch, und Lena konnte sich kaum sattsehen an der Schönheit der Landschaft.

„Das ist also die Amalfiküste", sagte sie begeistert.

Marco warf ihr einen kurzen Blick im Rückspiegel zu und lächelte. „Sì, Signora. Eine der schönsten Gegenden Italiens. Atrani ist ein verstecktes Juwel."

Lena nickte, auch wenn sie kaum wusste, was sie erwarten sollte. Es war, als hätte der Italienischkurs, den sie damals nur als Ablenkung von ihrer Trauer besucht hatte, sie genau auf diesen Moment vorbereitet. Auch wenn sie längst nicht alles verstand, war sie stolz, dass sie Marcos Worte zumindest teilweise nachvollziehen konnte.

Nach etwa einer Stunde Fahrt bog Marco auf eine schmale Straße ab, die entlang der Küste verlief. Lenas Herz schlug schneller, als sie das Auto auf eine kleine, gepflasterte Piazza in Atrani rollen sah. Die Piazza Umberto I war ein charmantes Herzstück des Ortes, eingerahmt von pastellfarbenen Häusern und einer kleinen, majestätischen Kirche, die sich darüber erhob. Marco stellte den Motor ab und stieg aus.

„Siamo arrivati", sagte er und öffnete Lenas Tür.

Lena stieg aus und ließ ihren Blick über die Piazza schweifen. Die alten Steinhäuser wirkten wie aus einer anderen Zeit, und bunte Blumen in Töpfen und Kästen verliehen dem Ort eine lebendige, einladende Atmosphäre. In der Ferne hörte sie das sanfte Rauschen des Meeres, das durch die engen Gassen hallte.

„La Casa di Giulia", sagte Marco und deutete auf ein Haus mit cremefarbenem Putz und grünen Fensterläden am Rand der Piazza, nahe einer der Treppen, die zu den höher gelegenen Gassen führten. Über dem Eingang hing ein handgemaltes Holzschild mit dem Namen der Pension.

„Das sieht wunderbar aus", murmelte Lena, während Marco den Koffer aus dem Kofferraum hob.

„Ecco, Signorina", sagte er mit einem Lächeln und überreichte ihr den Griff ihres Koffers.

„Danke, Marco", antwortete Lena, immer noch beeindruckt von der malerischen Szenerie.

„Giulia wartet schon auf Sie", fügte Marco hinzu. „Sie wird Ihnen alles zeigen. Ich wünsche Ihnen eine gute Ankunft."

Kaum hatte Lena sich dem Haus genähert, öffnete sich die Tür, und eine Frau mit lockigem, dunklem Haar und einer bunt gemusterten Schürze trat heraus. „Willkommen! Sie müssen Lena sein", rief sie mit einem strahlenden Lächeln.

„Ja, genau", sagte Lena, noch ein wenig überwältigt von den Eindrücken.

„Ich bin Giulia Marini", stellte sich die Frau vor und griff nach Lenas Koffer. „Kommen Sie, ich zeige Ihnen Ihr Zimmer."

Drinnen war es hell und freundlich, mit Möbeln, die liebevoll ausgewählt schienen. In Lenas Zimmer standen ein großes, bequem aussehendes Bett und eine Kommode mit einer Vase voller frischer Blumen. Giulia öffnete die Fenster, und der Duft nach Zitronen, Meeresluft und Bougainvillea erfüllte den Raum.

„Hier können Sie sich ausruhen und wie zuhause fühlen", sagte Giulia. „Und wenn Sie Hunger haben, kommen Sie in die Küche. Ich habe gerade einen Zitronenkuchen gebacken."

„Danke, Giulia", sagte Lena und lächelte zum ersten Mal, seit sie die Reise angetreten hatte, ein Lächeln voller Vorfreude auf das, was noch kommen würde.

Kapitel 13

Marco hatte auf der Piazza Umberto I neben dem Auto gewartet, die Hände lässig in den Taschen seiner Jacke. Als Lena aus der Pension trat, lächelte er ihr freundlich zu und deutete auf eine schmale Treppe, die zwischen den Häusern in die Höhe führte.

„Das Haus liegt nur wenige Minuten zu Fuß von hier, oberhalb der Piazza", erklärte er mit einem warmen Tonfall. „Ich begleite Sie, wenn Sie möchten."

„Ja, bitte", sagte Lena dankbar und folgte ihm.

Die Treppe schlängelte sich zwischen den Steinhäusern hinauf, gesäumt von blühenden Bougainvilleen in leuchtendem Rosa und Violett. Die Luft war erfüllt vom Duft reifer Zitronen, der aus den kleinen Gärten entlang des Weges zu kommen schien. Die Geräusche des Alltags auf der Piazza wurden leiser, während das gleichmäßige Rauschen des Meeres stärker wurde.

Nach einer kurzen, aber steilen Strecke blieb Marco vor einem eisernen Tor stehen. Das Tor war alt, ein wenig verrostet und von einer dichten Bougainvillea fast vollständig umwuchert. Lena zog vorsichtig daran, und das Tor gab unter lautem Quietschen nach.

Die kühle Berührung des Metalls ließ sie kurz innehalten. Es fühlte sich an, als würde sie eine unsichtbare Schwelle überschreiten, nicht nur zu dem Haus, sondern in ein völlig neues Kapitel ihres Lebens.

„Das ist es", sagte Marco leise und deutete auf einen schmalen, gepflasterten Weg, der hinter dem Tor begann. Am Ende des Weges erhob sich eine steile Steintreppe, die zu einem Haus hinaufführte. Es thronte über Atrani, eingebettet in die Felsen, und wirkte, als wäre es direkt aus der Landschaft heraus gewachsen.

Das Haus war aus hellem Stein gebaut, mit grünen Fensterläden, die vom Alter leicht verblasst waren. Eine kleine Terrasse mit einer steinernen Balustrade erstreckte sich vor dem Haus, umrankt von üppiger Bougainvillea, deren leuchtende Farben in der Nachmittagssonne noch intensiver schimmerten. Von hier aus versprach sich ein atemberaubender Blick über die Piazza Umberto I und das glitzernde Meer dahinter.

„Wow", flüsterte Lena und blieb kurz stehen, um den Anblick auf sich wirken zu lassen.

„Es braucht Arbeit, aber die Struktur ist solide", sagte Marco, der hinter ihr stehen geblieben war. „Ich denke, es hat Charme."

„Charme ist ein gutes Wort", murmelte Lena.

Marco lächelte. „Ich warte hier, falls Sie noch Fragen haben. Nehmen Sie sich Zeit."

Lena nickte und ging langsam die Steinstufen hinauf. Mit jedem Schritt spürte sie, wie ihre Nervosität von einer wachsenden Neugier verdrängt wurde. Was für Geschichten mochten in diesen Mauern verborgen sein?

Die Fassade des Hauses war von der Zeit gezeichnet, die Fensterläden teilweise schief, die Mauern von Kletterpflanzen überwuchert, und dennoch hatte es eine unwiderstehliche Anziehungskraft. Es wirkte, als sei es mit seiner Umgebung verschmolzen, ein Teil des Felsens, der es trug. Dahinter breitete sich das endlose Blau des Meeres aus, und die Sonne glitzerte auf den Wellen wie flüssiges Gold.

Sie trat näher an die Tür heran und legte die Hand auf das kalte Metall der Klinke. Einen Moment lang hielt sie inne, lauschte dem Wind und dem gleichmäßigen Rauschen des Meeres.

Es sieht bezaubernd aus, dachte sie, während ihr Blick über die Terrasse und die weite Küste wanderte.

Ihre Beine fühlten sich schwer an, nicht von der Anstrengung des Weges, sondern von der wachsenden Spannung, die in ihr pulsierte. Der Schlüssel, den Marco ihr gegeben hatte, lag kalt in ihrer Hand, und sie konnte nicht anders, als ihn anzustarren, während sie die letzten Stufen erklomm.

Das Haus vor ihr war atemberaubend und zugleich geheimnisvoll. Die Fassade aus hellem Stein trug die Zeichen der Zeit, feine Risse hier und da, aber nichts, was ihre Stabilität infrage stellte. Die grünen Fensterläden waren geschlossen, und die Bougainvilleen, die sich an den Wänden emporrankten, verliehen dem Anblick eine lebendige, warme Note.

Vor der alten Holztür hielt sie inne. Das Holz war wettergegerbt und an den Rändern ausgebleicht, doch es bewahrte eine schlichte Eleganz, als würde es stolz die Geschichten der Vergangenheit bewachen. Lena hob die Hand, berührte vorsichtig das Holz und spürte eine seltsame Verbindung.

„Na los", flüsterte sie zu sich selbst und steckte den Schlüssel ins Schloss. Zu ihrer Überraschung gab das Schloss geschmeidig nach, und die Tür öffnete sich mit einem sanften Knarren.

Ein Hauch abgestandener Luft strömte ihr entgegen, gemischt mit einem feinen, fast natürlichen Duft nach Zitrus und Holz, der aus den Mauern zu kommen schien. Sie trat ein, und für einen Moment schien die Welt stillzustehen.

Das Innere des Hauses war alt, aber nicht verwahrlost. Die dunklen Holzbalken an der Decke wirkten stabil, und der Terrakottaboden unter ihren Füßen knirschte leicht, als sie sich langsam umsah. Vor ihr lag ein großer Raum mit einem Kamin, dessen kunstvoll geschnitzte Steine von Handwerkskunst zeugten. Staub tanzte in den Sonnenstrahlen, die durch die halb geöffneten Fensterläden hereinfielen, und tauchte den Raum in ein sanftes, goldenes Licht. Es wirkte wie eine Szene aus einem alten Gemälde.

An den Wänden hingen verblasste Bilder in schweren Rahmen, Landschaften, deren Farben von der Zeit gedämpft worden waren. Sie schienen Geschichten zu erzählen, die Lena noch nicht kannte. In der Mitte des Raumes stand ein massiver Esstisch, dessen Holz trotz der Staubschicht seine Schönheit bewahrte.

Lena öffnete vorsichtig eine Tür auf der rechten Seite und trat in eine kleine Küche. Die Schränke aus dunklem Holz hatten einfache, aber charmante Muster. Ein altes Spülbecken aus Porzellan und ein rustikaler Herd komplettierten das Bild.

„Es sieht aus, als hätte jemand vor Jahren einfach alles stehen lassen", murmelte sie.

Die Worte des Anwalts kamen ihr in den Sinn: *„Signora Aurora hat die letzten Jahre ihres Lebens in einer kleineren Wohnung in Salerno verbracht. Das Haus blieb unbewohnt, aber sie sorgte dafür, dass es nicht komplett verfiel."*

Lena nickte unwillkürlich. Sie konnte sich ihre entfernte Verwandte kaum vorstellen, aber irgendetwas an diesem Ort fühlte sich vertraut an, als ob er auf sie gewartet hätte.

Eine Tür auf der gegenüberliegenden Seite des Wohnzimmers führte zu einer großzügigen Terrasse. Als Lena sie öffnete, strömte kühle, salzige Luft hinein, und sie trat hinaus.

Vor ihr breitete sich das endlose Blau des Meeres aus, das in der Nachmittagssonne glitzerte. Die Küste zog sich in beide Richtungen, und die kleinen Häuser von Atrani wirkten wie bunte Tupfer in der Felslandschaft. Der Horizont schien unendlich, und die Welt bestand in diesem Moment nur aus Licht, Wasser und Himmel.

„Das ist unglaublich", flüsterte sie, während sie langsam an die steinerne Brüstung trat. Ihre Finger glitten über den rauen Stein, und sie spürte die sanfte Brise auf ihrem Gesicht.

Es war mehr als nur ein Haus. Es war ein Ort voller Geschichten, voller Erinnerungen, die darauf warteten, entdeckt zu werden. Plötzlich wurde Lena klar: Sie war jetzt Teil dieser Geschichten, ein neuer Faden im Gewebe von Leben und Zeit.

Mit einem tiefen Atemzug ließ sie die Aussicht auf sich wirken, bis der Himmel sich langsam in zarten Rosa- und Orangetönen färbte. Die Sonne begann, sich dem Horizont zu nähern, und Lena wusste, dass die Eindrücke dieses ersten Tages sie überwältigt hatten.

Sie trat zurück ins Wohnzimmer und sah sich ein letztes Mal um. Der Staub, die stillen Wände, die Spuren der Zeit, all das schien sie zu rufen. Doch sie wusste, dass sie Zeit brauchte, um das alles zu verarbeiten. „Das reicht für heute", murmelte sie leise zu sich selbst.

Kapitel 14

Als sie die Tür hinter sich schloss und den Weg zurückging, wartete Marco noch immer geduldig an der Piazza. Das gleichmäßige Geräusch seiner Schritte auf dem Kopfsteinpflaster ließ sie ein wenig zur Ruhe kommen.

„Müde?", fragte Marco, als sie zur Piazza zurückkehrten.

„Sehr", gab Lena zu, „ich glaube, ich muss für heute Schluss machen."

Marco nickte verständnisvoll. „Giulia hat bestimmt etwas Gutes für Sie vorbereitet. Kommen Sie, ich begleite Sie zur Pension."

Lena war erleichtert über Marcos ruhige Präsenz, als sie gemeinsam durch die engen, kopfsteingepflasterten Gassen von Atrani gingen. Die späte Nachmittagssonne tauchte die Häuser in ein warmes, goldenes Licht, und das sanfte Murmeln des Meeres in der Ferne begleitete sie auf ihrem Weg.

„Wie fanden Sie das Haus?", fragte Marco schließlich in gebrochenem Deutsch, sein Ton respektvoll und freundlich.

„Es ist beeindruckend", antwortete Lena und merkte, wie leise ihre Stimme klang. „Aber auch ein bisschen überwältigend."

„Das verstehe ich", sagte Marco. „Es hat etwas ganz Besonderes, nicht wahr?"

Lena nickte, ohne ein weiteres Wort hinzuzufügen. Sie war zu müde, um ihre Gedanken in Worte zu fassen, und wollte nur noch in die Pension zurückkehren.

Als sie auf die kleine Pension „La Casa di Giulia" zugingen, öffnete sich die Tür, und Giulia trat heraus. Ihr Gesicht hellte sich sofort auf, als sie Marco sah. Die beiden wechselten ein paar schnelle Sätze auf Italienisch, ihre Worte flogen so leicht und vertraut zwischen ihnen hin und her, dass Lena unweigerlich lächeln musste, auch wenn sie nichts verstand.

„Willkommen zurück!", sagte Giulia mit einem strahlenden Lächeln, während sie sich Lena zuwandte. „Sie sehen aus, als könnten Sie ein gutes Abendessen vertragen."

„Das könnte ich wirklich", erwiderte Lena mit einem erschöpften Lächeln.

Marco verabschiedete sich höflich. „Wenn Sie etwas brauchen, Signora Lena, lassen Sie es mich wissen", sagte er, bevor er Giulia einen letzten Blick zuwarf. Seine Augen verrieten Zuneigung, vielleicht sogar etwas mehr, doch er sagte nichts weiter, nickte leicht und verschwand in den Gassen von Atrani.

Giulia blieb einen Moment in der Tür stehen, den Blick auf den Punkt gerichtet, an dem Marco verschwunden war, bevor sie sich zu Lena drehte. „Kommen Sie, ich habe etwas für Sie vorbereitet. Ein gutes Essen ist der perfekte Abschluss eines anstrengenden Tages."

Lena trat ein und ließ sich von Giulia durch die gemütliche Pension in das Esszimmer führen. Der Duft von frisch gebackener Lasagne erfüllte die Luft, und auf dem Tisch stand bereits eine Karaffe mit Rotwein und zwei Gläsern.

„Ich hoffe, Sie mögen Lasagne", sagte Giulia mit einem Augenzwinkern, während sie Lena einen Platz anbot.

„Es riecht himmlisch", antwortete Lena ehrlich und ließ sich auf den Stuhl sinken.

Während des Essens plauderten die beiden Frauen über das Dorf, das Leben in Italien und die Eigenheiten des Hauses. Giulia erzählte Anekdoten über die Bewohner von Atrani, und Lena lachte über die charmanten Geschichten, die Giulia mit einer Wärme und Lebendigkeit erzählte, die ihr Herz auf seltsame Weise beruhigte.

Kapitel 15

Später, als Lena in ihrem Zimmer saß, griff sie nach ihrem Handy. Der Tag war lang gewesen, aber sie wusste, dass Anna auf Neuigkeiten wartete.

„Lena! Endlich", sagte Anna, als sie den Anruf entgegennahm. „Wie ist es? Und wie sieht das Haus aus?"

Lena lehnte sich gegen das Kopfende des Bettes und lächelte. „Es ist wunderschön, Anna. Aber es ist auch so viel. So viel zu tun, so viele Geschichten, die ich noch nicht kenne. Ich weiß nicht, ob ich diesem Ort gerecht werden kann."

„Natürlich kannst du das", sagte Anna bestimmt. „Du bist Lena. Du hast einen Blumenladen von Grund auf renoviert, dich von Paul getrennt und dein Leben im Griff. Ein altes Haus wird dich nicht unterkriegen."

Lena lachte leise. „Danke, Anna. Es tut gut, das zu hören."

„Und wo schläfst du? Im Haus?", fragte Anna.

Lena lehnte sich zurück und sah an die Decke ihres Zimmers, ein warmes Lächeln auf den Lippen. „In einer wunderbaren Pension, die haben das für mich arrangiert, bei Giulia, sie ist fantastisch. Ihre Pension passt perfekt hierher. Stell dir ein altes, charmantes Gebäude vor, direkt am Hauptplatz hier. Überall blühen Bougainvilleen, und es riecht nach Zitronen und frisch gebackenem Brot."

„Das klingt traumhaft", sagte Anna, und ihre Stimme klang, als würde sie sich den Ort gerade lebhaft vorstellen.

„Und dann ist da Giulia selbst", fuhr Lena fort. „Sie ist herzlich, sodass du dich sofort zu Hause fühlst. Sie hat ein Händchen für Details, die Zimmer sind einfach, aber so gemütlich, mit liebevoll ausgesuchten Möbeln und frischen Blumen aus ihrem Garten."

Anna lachte. „Das klingt, als müsste ich sofort einen Flug buchen."

„Ich glaube, du würdest sie mögen", sagte Lena. „Giulia ist voller Leben und Geschichten. Sie hat mir erzählt, dass sie diese Pension vor Jahren übernommen hat, als sie mit ihrer Familie an die Amalfiküste zog. Sie führt sie mit so viel Leidenschaft, dass man es in jedem Detail spürt."

„Das hört sich an, als hättest du jemanden gefunden, der dir ein bisschen von der Last nehmen kann", sagte Anna warm.

Lena nickte, obwohl Anna es nicht sehen konnte. „Ja, das habe ich wirklich."

„Das klingt gut", sagte Anna. „Und vergiss nicht, mir Fotos zu schicken. Ich will alles sehen."

Lena zögerte kurz, bevor sie fragte: „Und wie läuft es bei dir? Im Laden? Kommst du mit allem klar?"

„Es läuft gut", antwortete Anna. „Weißt du, es fühlt sich fast wie früher an, als wir nach der Schule immer zusammen im Laden waren. Deine Mutter hat uns so viel beigebracht. Heute habe ich ein Hochzeitsgesteck gemacht, das hätte ich ohne ihre Tipps nie hingekriegt."

Lena spürte, wie warme Erinnerungen in ihr aufstiegen. „Stimmt, wir haben immer unsere Hausaufgaben am Tresen gemacht, und du hast Mama so gern geholfen. Sie hätte sich gefreut, das zu hören."

„Ich glaube, sie hat das damals geahnt", sagte Anna lächelnd. „Vielleicht hat sie mich unbewusst darauf vorbereitet, irgendwann selbst im Laden zu stehen. Es fühlt sich richtig an."

„Das klingt wunderbar", sagte Lena. „Es macht mich glücklich zu wissen, dass der Laden in so guten Händen ist."

„Danke", sagte Anna. „Aber hör auf, dir Sorgen zu machen. Genieße deine Zeit dort, Lena. Das hier ist eine Chance, die du dir nicht entgehen lassen solltest."

„Danke, Anna", sagte Lena. „Ich bin wirklich froh, dass du das für mich machst."

„Immer doch. Und jetzt geh schlafen. Du hast bestimmt einen anstrengenden Tag hinter dir."

„Morgen schicke ich dir Fotos", versprach Lena. „Jetzt brauche ich nur noch Schlaf."

Kapitel 16

Giulia hatte ihr ein einfaches, aber köstliches Frühstück bereitet: frisches Brot, Marmelade aus Zitronen von ihren eigenen Bäumen und eine dampfende Tasse Cappuccino. „Iss genug", hatte sie gesagt und Lena mit einem Lächeln nach draußen geschickt. Der Weg zum Haus war nicht weit, und Lena genoss die Ruhe des Morgens, während sie die kleine Straße hinaufging, gesäumt von duftenden Zitronenbäumen und den Klängen erwachender Vögel.

Im Haus angekommen, strich sie sich eine Strähne aus dem Gesicht, während sie sich umsah. Der Staub schien sich über alles gelegt zu haben, und schon nach wenigen Minuten klebte er an ihren Händen und ihrer Stirn. Lena wischte sich mit dem Handrücken den Staub von der Stirn und blickte sich erneut im Wohnzimmer um.

Die ersten Sonnenstrahlen des Morgens fielen durch die halb geöffneten Fensterläden, und der Staub in der Luft glitzerte wie feiner Sand. Es war still, bis auf das gelegentliche Knarren der alten Balken, die sich im Rhythmus der erwachenden Sonne zu bewegen schienen. Nachdem sie die erste Nacht bei Giulia verbracht hatte, fühlte sie sich ein wenig erschöpft, aber gleichzeitig von einer wachsenden Neugier angetrieben.

Das Wohnzimmer war groß und einladend, trotz der langen Zeit, die es unbewohnt gewesen war. Lena ließ ihren Blick über die Details gleiten: den kunstvoll geschnitzten Kamin, die schweren Vorhänge, die leicht in der Brise wehten, und die Kommode in der Ecke, die sie bereits am Vortag bemerkt hatte. Sie trat näher und legte die Hand auf das alte Holz. Es fühlte sich kühl an, und als sie die Schublade öffnete, knarrte es, als hätte das Möbelstück ein Eigenleben.

Darin lagen alte Tischdecken, verblichene Stoffe und ein paar Kerzenständer. Alles war ordentlich verstaut, als ob jemand geplant hatte, zurückzukehren. Lena strich über eine der Tischdecken, deren Spitze kunstvoll gearbeitet war. Der Gedanke, dass jemand hier gelebt, geliebt und geträumt hatte, ließ ihre Gedanken abschweifen.

Im Flur entdeckte sie eine schmale Treppe, die ins obere Stockwerk führte. Die Stufen knarrten unter ihren Schritten, und das Geländer fühlte sich glatt an, poliert von Jahrzehnten der Benutzung. Es war, als ob das Haus Geschichten in seinen Wänden trug, die nur darauf warteten, erzählt zu werden.

Oben angekommen öffnete sie die erste Tür, die sie fand, und trat in ein kleines Schlafzimmer. Der Raum war von der Dunkelheit hinter den geschlossenen Fensterläden erfüllt, doch als sie diese vorsichtig öffnete, fiel ein schmaler Lichtstrahl herein und erhellte den Raum.

Ein schmales Bett stand an der Wand, der Rahmen aus dunklem Holz war schlicht, aber solide. Daneben ein Nachttisch mit einer kleinen, alten Lampe, deren Schirm leicht vergilbt war. Auf dem Boden lag ein Teppich mit verblassten Mustern, an den Rändern ausgefranst, doch dennoch voller Charakter.

Lena trat näher an eine Kommode heran, die in einer Ecke des Raumes stand. Ihre Finger zögerten kurz, bevor sie die oberste Schublade öffnete. Darin lagen persönliche Gegenstände, die wie Zeitzeugen wirkten: ein Taschentuch mit zarter Stickerei, eine abgenutzte Haarbürste und ein Notizbuch, dessen Lederumschlag vom Alter gegerbt war.

Sie hob das Notizbuch vorsichtig heraus und blätterte durch die ersten Seiten. Die Schrift war elegant, mit feinen Schwüngen, und zwischen den kurzen Sätzen fanden sich kleine Skizzen, fast wie Gedankenbilder.

„Der Himmel ist heute wieder so weit, und ich frage mich, ob Lorenzo ihn auch sieht."

Lena hielt inne, las die Zeile noch einmal und runzelte die Stirn. Der Name Lorenzo tauchte mehrfach auf, zwischen Beobachtungen über die Landschaft und Notizen zu Farbkombinationen. Wer war dieser Lorenzo?

Ihr Blick wanderte wieder durch den Raum, als ob sie eine Antwort erwarten würde, doch die Wände schwiegen. Stattdessen hörte sie das sanfte

Klopfen des Windes gegen die Fensterläden, als ob das Haus sie dazu einlud, weiterzusuchen.

Mit dem Notizbuch in der Hand setzte Lena sich auf die Bettkante. Die Seiten erzählten von einem Leben, das sie nicht kannte, aber irgendwie begann sie zu ahnen, dass es mit ihrem eigenen verbunden war.

Sie blätterte weiter und las: „La casa è il mio rifugio." „Das Haus ist mein Zufluchtsort", murmelte sie, während sie die Worte laut übersetzte.

Ein Lächeln huschte über ihr Gesicht. Irgendwie fühlte sie, dass sie diesen Gedanken nachvollziehen konnte. Dieses Haus hatte etwas, das Geborgenheit versprach, auch wenn es in seinem derzeitigen Zustand alles andere als einladend war.

Lena nahm das Notizbuch mit und trat wieder hinaus auf den Flur. Es gab noch weitere Türen, weitere Räume, die darauf warteten, entdeckt zu werden. Und in diesem Moment verspürte sie eine wachsende Neugier, mehr über dieses Haus und die Frau, die hier gelebt hatte, herauszufinden.

Lena öffnete eine weitere Tür im Obergeschoss und blieb überrascht stehen. Der Raum war größer als die anderen, mit einer hohen Decke und einer schmalen Dachluke, durch die die Sonne einen schmalen Lichtstrahl warf. Es war ein Atelier. Eine Staffelei stand schräg am Fenster, und darauf lehnte eine Leinwand, die von einem Tuch halb bedeckt war. Der Geruch von Öl- und Aquarellfarben hing noch immer in der Luft, als ob jemand erst kürzlich hier gearbeitet hätte. Lena trat vorsichtig näher, legte das Notizbuch beiseite und hob das Tuch an.

Darunter kam ein Gemälde zum Vorschein, das sofort ihre Aufmerksamkeit fesselte. Es zeigte einen Mann mit einem markanten Gesicht, dunklen Haaren und einem intensiven Blick, der direkt aus der Leinwand zu schauen schien. Das Gemälde war fast fertig, aber nur fast. Der Hintergrund war lediglich skizziert, und an einigen Stellen waren die Pinselstriche abrupt abgebrochen.

„Lorenzo? Ist das Lorenzo?", flüsterte Lena.

Das Notizbuch lag noch auf dem Tisch, und sie griff danach, um die Einträge über Lorenzo erneut zu lesen. Die Sätze über seinen Blick, seine Hände und die Art, wie er sprach, klangen plötzlich lebendig. Es war, als hätte Aurora versucht, ihn in ihrer Kunst festzuhalten, ihn zu bewahren, obwohl sie ihn nicht mehr in ihrem Leben hatte.

Lena setzte sich auf einen alten Holzstuhl und ließ ihre Finger leicht über die Leinwand gleiten, ohne die Farbe zu berühren. Der Mann auf dem Bild schien so real, so greifbar. Doch gleichzeitig war er ein Rätsel, genauso wie Aurora.

„Warum hast du ihn nicht fertig gemalt?", murmelte Lena, mehr zu sich selbst.

Lena blätterte nochmal durch das Notizbuch und blieb an einem weiteren Eintrag hängen: *Manchmal kann Liebe dich zerreißen.* War das der Grund, warum Aurora das Gemälde nicht beendet hatte? Hatte sie Angst, etwas zu vollenden, das ihr Herz endgültig brechen könnte?

Lena sah zum Fenster hinaus, wo die Nachmittagssonne die Küste in ein sanftes, goldenes Licht tauchte. Sie spürte, dass das Bild und die Geschichte dahinter Antworten auf Fragen enthielten, die sie noch nicht zu stellen gewagt hatte.

„Aurora … hätte ich dich nur kennenlernen dürfen", murmelte sie. Es fühlte sich an, als hätte sie einen verborgenen Teil ihrer Verwandten entdeckt, eine Seite, die sie noch besser kennenlernen wollte.

Lena blieb noch eine Weile in dem Atelier und betrachtete die anderen Werke, die auf dem Boden an der Wand lehnten. Es war, als ob jedes Bild eine Geschichte erzählte, von der Amalfiküste, von diesem Haus, von Lorenzo, und vielleicht sogar von Aurora selbst. Schließlich fasste sie den Entschluss, die Gemälde ins Erdgeschoss zu bringen, damit sie ihnen die Aufmerksamkeit schenken konnte, die sie verdienten.

Behutsam trug sie die Leinwände einzeln nach unten und lehnte sie an die Wand des Wohnzimmers. Der Raum fühlte sich plötzlich lebendiger an. Die Farben der Bilder schienen den Staub zu vertreiben, und Lena spürte eine seltsame Wärme in sich aufsteigen. Es war, als ob Aurora ihr die Hand reichte, um ihr zu zeigen, dass sie nicht allein war.

Kapitel 17

Die Piazza war in der Vormittagssonne belebt. Ein paar ältere Männer saßen auf einer Steinbank und sprachen in gedämpften Tönen, während sie mit den Händen gestikulierten. Kinder spielten mit einem Ball, der immer wieder gegen die Mauern prallte, und eine Frau hängte frische Wäsche auf, deren Farben im Licht leuchteten.

Lena ließ den Blick über die kleinen Häuser schweifen, bis sie ein kleines Café entdeckte. Über der schmalen Tür hing ein Holzschild, auf dem schlicht *Caffè Rosa* stand. Aus dem Inneren des Cafés drang das verlockende Aroma von frisch gemahlenem Kaffee. Sie zögerte kurz, bevor sie die Tür öffnete und eintrat.

Der Raum war klein und einfach, aber liebevoll gestaltet. Auf den Regalen standen kleine Töpfe mit Basilikum und Rosmarin, und an den Wänden hingen Schwarz-Weiß-Fotografien von Atrani und der Amalfiküste. Hinter der Theke stand eine ältere Frau mit grauem Haar und einem Ausdruck von Gelassenheit, der wie eine zweite Haut wirkte.

„Buongiorno!", begrüßte sie Lena, ihre Stimme sanft und warm.

„Buongiorno", antwortete Lena, durchaus stolz darauf, ihr Italienisch einsetzen zu können.

Die Frau musterte sie freundlich. „Ich habe Sie hier noch nie gesehen. Sind Sie neu in Atrani?"

„Ja", antwortete Lena, ein wenig zögernd. „Ich bin Lena. Ich habe das Haus am Ende des Weges geerbt."

Die Augen der Frau weiteten sich, und ein Lächeln huschte über ihr Gesicht. „Das Haus von Signora Aurora! Ich bin Rosa Giordano, nennen Sie mich einfach Rosa, das tun alle hier." Sie kam hinter der Theke hervor und nahm Lenas Hand mit einer Herzlichkeit, die Lena überraschte. „Setzen Sie sich, ich bringe Ihnen einen Kaffee. Und ein Stück Torta al Limone, mein eigenes Rezept. Sie müssen mir alles erzählen."

Lena nickte dankbar und ließ sich an einem kleinen Tisch am Fenster nieder. Der Kaffee kam in einer kleinen Tasse, dampfend und duftend, und daneben stand ein Teller mit einem Stück goldgelbem Zitronenkuchen. Sie nippte am Kaffee und fühlte, wie die Bitterkeit und die Wärme gleichzeitig ihre Sinne weckten.

Rosa setzte sich ihr gegenüber, die Hände locker auf den Tisch gelegt. „Also, Sie sind die Erbin von Signora Aurora. Was für eine wunderbare Frau sie war. So unabhängig, so künstlerisch, sie war eine Inspiration für uns alle."

Lena fühlte sich plötzlich, als wäre sie in eine Geschichte gezogen worden, die sie noch nicht ganz verstand. „Kannten Sie sie gut?"

Rosa lächelte, ihre Augen glitzerten vor Erinnerungen. „Ja, sehr gut. Sie hat viele Jahre hier in Atrani gelebt, bevor sie altersbedingt in die Stadt zog. Wir haben oft zusammen Kaffee getrunken.

Sie war eine leidenschaftliche Erzählerin, immer voller Geschichten über ihre Kunst und ihre Träume."

Lena spürte, wie ihre Neugier wuchs. „Und das Haus?", fragte sie leise.

„Ah, das Haus", sagte Rosa und seufzte leise. „Es war ihr Zufluchtsort. Sie hat es geliebt, aber sie hat es auch immer als ein Werk betrachtet, das nie ganz fertig war. Es war ihr Atelier, ihr Zuhause und ihr Traum in einem."

Rosa erzählte weiter, schilderte Auroras Liebe zur Malerei, ihre enge Verbindung zur Küste und die Abende, die sie in diesem Haus verbracht hatte. „Sie war eine Frau voller Leidenschaft", sagte Rosa, ihre Stimme weich, während sie in Erinnerungen schwelgte. „Manchmal saß sie hier und sprach von den Farben des Meeres oder den Lichtern der Stadt, die sich im Wasser spiegelten. Und oft sprach sie von Lorenzo."

Lena blinzelte überrascht. „Lorenzo?"

Rosa nickte langsam, ein vielsagendes Lächeln auf den Lippen. „Ja, Lorenzo. Er war ein besonderer Mann für sie. Sie haben viel Zeit miteinander verbracht, hier in Atrani und auch in ihrem Haus. Ich weiß nicht genau, was zwischen ihnen war, aber ich denke, er hat ihr sehr viel bedeutet."

„Was ist mit ihm passiert?", fragte Lena neugierig.

Rosa zuckte leicht mit den Schultern. „Das weiß ich nicht genau. Irgendwann ist er einfach nicht mehr gekommen. Vielleicht war es eine schwierige Entscheidung, vielleicht hat das Leben sie auseinandergebracht, so etwas passiert. Aber ich glaube, Aurora hat ihn nie wirklich vergessen. Manchmal, wenn sie hier saß und den Kaffee trank, sah sie zum Meer hinaus und hatte diesen nachdenklichen Blick, als würde sie warten."

Die Worte ließen Lenas Gedanken rasen. Lorenzo. Wer war er, und warum war er so wichtig für Aurora? Vielleicht könnte sie in den Notizen und Skizzen im Haus mehr über ihn herausfinden.

Rosa musterte Lena, ihre Augen voller Wärme. „Vielleicht werden Sie Antworten finden. Das Haus hat viele Geschichten, und ich glaube, es wartet darauf, sie mit Ihnen zu teilen."

Lena nickte langsam. Die Worte der alten Frau berührten sie mehr, als sie erwartet hatte. Sie sah aus dem Fenster, wo die Piazza in einem sanften Rhythmus weiterlebte. Es fühlte sich an, als würde dieses Dorf sie willkommen heißen, mit all seinen Menschen, Geschichten und Erinnerungen.

„Ich bin noch nicht sicher, wie ich das alles schaffen soll", gab Lena ehrlich zu.

Rosa lächelte und griff nach ihrer Hand. „Hier in Atrani helfen wir uns gegenseitig. Und wenn Sie Fragen haben oder einfach nur Gesellschaft brauchen, kommen Sie jederzeit vorbei."

Lena zögerte, dann fragte sie: „Rosa, Sie haben gesagt, Aurora sei eine Inspiration gewesen. Sie haben sie gut gekannt, nicht wahr?"

„Oh ja", sagte Rosa mit einem wehmütigen Lächeln. „Aurora war besonders. Sie hatte diese Fähigkeit, Dinge zu sehen, die anderen verborgen blieben. Die Farben des Himmels, die Bewegung des Meeres, die Geschichten in den Gesichtern der Menschen."

„Und Lorenzo?", fragte Lena vorsichtig. „Wer war er?"

Rosas Augenbrauen hoben sich leicht, und für einen Moment schien sie in Erinnerungen zu versinken. „Lorenzo, er war einer der wenigen Menschen, die Aurora wirklich verstanden haben. Er kam immer wieder nach Atrani, manchmal nur für ein paar Tage, manchmal für Wochen. Sie haben oft Zeit zusammen verbracht. Sie hat ihn gemalt, wissen Sie? Immer wieder."

„War er wichtig für sie?"

Rosa nickte langsam. „Oh ja, das war er. Aber Aurora war kompliziert. Sie hatte Angst, sich zu binden. Sie sagte einmal zu mir: ‚Liebe ist wie die Kunst, wunderschön, aber unvorhersehbar. Und manchmal kann sie dich zerreißen.'"

Lena schwieg, während sie Rosas Worte verarbeitete. Aurora hatte also jemanden geliebt, sich aber aus Angst zurückgezogen. Der Gedanke ließ sie nicht los.

Lena spürte, wie eine Mischung aus Neugier und Melancholie in ihr aufstieg. Sie musste mehr über Lorenzo und Auroras Vergangenheit erfahren.

Kapitel 18

Die Sonne war gerade dabei, hinter den Klippen zu verschwinden, und tauchte den Garten und die Terrasse in ein goldenes Licht. Lena lehnte sich in ihrem Stuhl zurück und ließ den Blick über das Haus schweifen. Es war das erste Mal, dass sie sich wirklich angekommen fühlte, nicht als Gast, sondern als Bewohnerin dieses Ortes.

Ihren dritten Tag in Atrani hatte sie damit verbracht, Vorbereitungen zu treffen, um im Haus zu wohnen. Die Bettwäsche, die einst Aurora gehört hatte, war frisch gewaschen und gebügelt. Giulia hatte sie begleitet, als sie die Stoffe zur kleinen Wäscherei im Dorf gebracht hatte. Die ältere Dame, die dort arbeitete, hatte mit einem Lächeln bemerkt, wie schön die Muster waren, und Lena erzählt, dass solche Bettwäsche heute kaum noch hergestellt werde.

Am Nachmittag hatte Lena die frisch duftenden Laken und Bezüge auf die Betten gezogen. Die Frische der Wäscherei und die gemeinsame Arbeit mit Giulia hatten diesem Moment eine wunderbare Leichtigkeit verliehen. Das Schlafzimmer wirkte einladend und heimelig, fast so, als hätte Aurora es für sie vorbereitet.

„Ein neues Kapitel", hatte Giulia gesagt, als sie die Decken glattgestrichen hatten. Und genau so fühlte es sich an.

Nun saß Lena auf der Terrasse, ein leichtes Lüftchen spielte mit ihrem Haar, und das Rauschen des Meeres in der Ferne wirkte beruhigend. Vor ihr lag ihr Handy, das sie zögerlich in die Hand nahm. Es war an der Zeit, Anna anzurufen, ihre beste Freundin, die immer die richtigen Worte fand, wenn Lena selbst nicht mehr weiterwusste.

„Lena! Endlich! Wie geht es dir?" Annas Stimme klang hell und vertraut, als sie den Anruf entgegennahm.

„Ich weiß gar nicht, wo ich anfangen soll", sagte Lena und atmete tief ein. „Es ist alles so viel. Das Haus, das Dorf, die Menschen, ich fühle mich, als wäre ich in einer anderen Welt."

„Das klingt genau so, wie du es dir immer gewünscht hast", erwiderte Anna. „Erzähl mir alles. Wie sieht das Haus aus? Und wie sind die Leute dort?"

Lena begann zu erzählen, vom staubigen Wohnzimmer, der Terrasse mit dem atemberaubenden Blick, und von Giulia, die sie mit einem strahlenden Lächeln und einer Tasse Kaffee willkommen geheißen hatte. Sie beschrieb die engen Gassen von Atrani und die überwältigende Freundlichkeit der Dorfbewohner.

„Es klingt wie aus einem Märchen", sagte Anna, nachdem Lena geendet hatte. „Aber ich höre auch heraus, dass du ein bisschen Angst hast."

„Ja", gab Lena zu. „Ich weiß nicht, ob ich das alles bewältigen kann. Es gibt so viel zu tun, und manchmal frage ich mich, ob ich die Richtige für diese Aufgabe bin."

„Natürlich bist du die Richtige", sagte Anna entschieden. „Du bist mutig, Lena. Du hast das Geschäft deines Lebens hinter dir gelassen und bist allein nach Italien gereist, um ein Haus zu übernehmen, von dem du vor ein paar Wochen noch nichts wusstest. Wenn das nicht Mut ist, weiß ich auch nicht."

Lena lächelte, auch wenn Anna es nicht sehen konnte. „Danke, Anna. Es bedeutet mir so viel, das von dir zu hören."

„Immer, Lena. Du weißt, dass ich für dich da bin. Und vergiss nicht, wenn es schwierig wird: Du kannst jederzeit zurückkommen. Aber ich habe das Gefühl, dass dieses Haus und dieser Ort genau das sind, was du brauchst."

Die Worte ihrer Freundin wirkten wie ein Anker. Sie erinnerten Lena daran, dass sie nicht allein war, auch wenn Anna Hunderte Kilometer entfernt war, blieb sie ihre Verbindung zu ihrem alten Leben.

„Du hast recht", sagte Lena schließlich. „Ich werde mir Zeit nehmen und sehen, was daraus wird. Aber danke, dass du immer für mich da bist."

„Und das werde ich auch bleiben", sagte Anna lachend. „Aber jetzt möchte ich bitte regelmäßig Updates. Fotos, Videos, ich will alles sehen!"

„Versprochen", sagte Lena mit einem Lächeln.

Als das Gespräch endete und Lena das Handy neben sich legte, fühlte sie sich ein wenig leichter. Anna hatte es geschafft, ihr die Angst zu nehmen und sie daran zu erinnern, dass sie die Fähigkeit hatte, auch große Herausforderungen zu meistern.

Der Abend war still, nur das sanfte Rauschen der Wellen begleitete sie. In diesem Moment fühlte sich Lena nicht nur mit dem Ort verbunden, sondern auch mit der Frau, die sie immer ermutigte, ihre Träume zu verfolgen, egal, wie groß oder unerreichbar sie schienen.

Kapitel 19

Der Morgen war klar und frisch, und die Sonne hatte gerade begonnen, die Schatten aus dem Garten zu vertreiben. Lena stand auf der kleinen, gepflasterten Terrasse vor dem Haus und blickte hinunter zu den ersten Steinstufen, die zu den unteren Ebenen des Gartens führten. Der Duft von Zitronenblüten und feuchter Erde erfüllte die Luft, vermischt mit der leichten Salzigkeit des nahen Meeres. Von der Terrasse aus war der Garten nur teilweise zu sehen, denn die dichten Pflanzen und die Steinebenen verbargen seine volle Ausdehnung.

Sie trat an die oberste Treppenstufe und ließ den Blick schweifen. Die Steinstufen, die zu den unteren Ebenen führten, waren an den Rändern von Moos überwuchert, und in den Spalten wuchsen wilde Kräuter. Lena ging vorsichtig hinunter, die Hand auf das raue, alte Geländer gelegt, das an manchen Stellen von rankendem Efeu umwickelt war. Die Luft fühlte sich mit jedem Schritt kühler an, abgeschirmt von den hohen Zitronenbäumen, die die erste Ebene dominierten.

Am Ende der Treppe erreichte sie eine kleine Plattform, die von dichtem Lavendel und wildem Rosmarin umgeben war. „Unglaublich", murmelte sie, als sie vorsichtig durch das üppige Grün schritt. Die Zitronenbäume trugen kleine, leuchtend gelbe

Früchte, und ihre knorrigen Äste erzählten von Jahrzehnten, die sie hier verbracht hatten. Auf einem kleinen Vorsprung in der Mauer entdeckte sie ein altes Tonkrugfragment, das von der Sonne erwärmt wurde, und fragte sich, ob Aurora es absichtlich hier gelassen hatte.

Der Garten erstreckte sich weiter nach unten, terrassiert und auf jeder Ebene von einer niedrigen Steinmauer begrenzt. Lena folgte einem schmalen Pfad aus unregelmäßig verlegten Steinen, die von Gras und kleinen Blütenpflanzen umsäumt waren, und entdeckte eine weitere Ebene, die von einem großen, steinernen Brunnen beherrscht wurde. Der Brunnen war trocken, aber seine kunstvoll geschnitzten Reliefs, ein Fischer mit einem Netz, Wellen, die ein Boot umspielten, waren noch gut zu erkennen. Der Charme des verwitterten Steins ließ Lena innehalten. Sie strich mit der Hand über die kühle Oberfläche und fühlte die Geschichte, die dieser Ort in sich trug.

Von hier aus konnte sie weitersehen. In einer unteren Ecke des Gartens entdeckte sie eine Bank und einen runden Tisch aus Stein, die halb von einer dichten Bougainvillea überwuchert waren. Die Blüten in Rosa und Violett ergaben einen lebhaften Kontrast zu dem blassen Grau der Steine. Lena folgte dem Pfad zur Bank, schob vorsichtig die herabhängenden Zweige beiseite und setzte sich.

Von diesem Platz aus bot sich eine atemberaubende Aussicht auf das Meer. Die Klippen schienen direkt in die türkisfarbene Weite zu stürzen, und die Wellen glitzerten in der Morgensonne. Sie konnte die winzigen Boote erkennen, die am Horizont wie verstreute Punkte wirkten, und hörte das gedämpfte Echo von Möwenrufen.

„Das ist ein Paradies", flüsterte sie und ließ ihren Blick schweifen. Die Bank war nicht nur ein Möbelstück; sie war ein Aussichtspunkt, ein Ort, der wie dafür geschaffen war, zur Ruhe zu kommen und die Welt zu betrachten. Lena stellte sich vor, wie Aurora hier gesessen hatte, vielleicht mit einem Skizzenbuch oder einer Leinwand, und die Schönheit um sich herum festgehalten hatte.

Ihre Gedanken wanderten zu ihrer Tante. War dies Auroras Zufluchtsort gewesen, ihr persönliches Heiligtum? Oder war der Garten ein Teil ihres künstlerischen Lebens, ein lebendes Kunstwerk, das sie mit Bedacht gepflegt hatte?

Lena beschloss, weiter zu erkunden. Ein schmaler, halb überwucherter Pfad führte zu einer weiteren Ebene, die von hohen Zypressen eingerahmt war. In der Mitte dieser Nische stand eine alte Statue, die von Moos bedeckt war. Es war die Figur einer Frau, deren Gesicht nach oben gerichtet war, als würde sie das Licht einfangen. Das Spiel von Schatten und Sonne ließ die Statue lebendig wirken, und Lena blieb stehen, als hätte sie Angst, die Szene zu stören.

„Das ist genau der Ort, den man mit anderen teilen sollte", dachte Lena. Ein Ort, der Menschen inspiriert, sie zum Träumen bringt. Sie stellte sich vor, wie Besucher den Garten erkundeten, wie sie hier saßen, den Blick aufs Meer gerichtet, vielleicht einen Kaffee oder ein Glas Wein in der Hand.

Als sie zurück zum Haus ging, begann sie, Pläne zu schmieden. Der Garten war mehr als nur ein Stück Land. Er war ein verborgener Schatz, ein Ort der Schönheit, der Geschichten und Möglichkeiten. Und vielleicht, dachte sie, könnte sie ihn in etwas verwandeln, das nicht nur ihr, sondern auch anderen Freude bereitete, einen Garten, der Leben und Inspiration schenkte.

Kapitel 20

Lena saß in *Caffè Rosa* und starrte auf die Tasse Kaffee vor ihr, die langsam abkühlte. Sie hatte Rosa gebeten, sich für einen Moment zu ihr zu setzen. Als die ältere Frau schließlich kam, griff Lena nach ihrem Smartphone, entsperrte es und öffnete die Galerie-App.

„Rosa", begann Lena zögernd, „ich habe im Haus ein Gemälde gefunden. Es zeigt Lorenzo, oder?" Sie drehte das Smartphone um, damit Rosa das Bild sehen konnte.

Rosa legte die Brille, die sie um den Hals hängen hatte, auf die Nase und beugte sich vor. „Ah", sagte sie leise, als sie das Gemälde betrachtete. „Ja, das ist Lorenzo. Aurora hat ihn oft gemalt."

Lena lehnte sich vor, das Smartphone noch immer in ihrer Hand. „Was können Sie mir noch über ihn erzählen? Ich habe in ihrem Notizbuch gelesen, dass er wichtig für sie war, aber ich verstehe nicht ... Warum hat sie das Gemälde nicht fertiggestellt?"

Rosa seufzte und faltete die Hände in ihrem Schoß, als ob sie nach den richtigen Worten suchte. „Lorenzo war ein Reisender", sagte sie schließlich. „Er kam und ging, nie lange an einem Ort. Für Aurora war er eine Inspiration. Er brachte ihr Geschichten, neue Farben, neue Ideen. Aber er brachte auch Unruhe."

„Unruhe?", fragte Lena.

„Ja", sagte Rosa und hielt inne, als ob sie sich daran erinnerte, wie es gewesen war. „Aurora hatte Angst, sich zu binden. Sie war unabhängig, und das war ihr wichtig. Lorenzo war frei, genau wie sie. Aber manchmal, wenn zwei Menschen so frei sind, können sie sich nicht wirklich festhalten."

Lena dachte an das Gemälde, an die unvollendeten Pinselstriche. „Hat sie ihn geliebt?"

Rosa nickte langsam. „Ich glaube, er war die Liebe ihres Lebens. Aber sie hat es sich nie erlaubt, das ganz zuzulassen. Sie hat gesagt, Liebe sei wie ein Gemälde, man weiß nie, ob es fertig wird oder ob man es irgendwann zerstören muss."

Lena schwieg. Diese Worte klangen fast wie eine Warnung, eine, die sie nicht ignorieren konnte.

„Hat er sie geliebt?", fragte Lena schließlich.

Rosa lächelte traurig. „Das weiß ich nicht. Aber ich denke, er war bereit, sie zu lieben. Vielleicht war das ihre größte Angst."

Lena sah aus dem Fenster hinaus auf die Piazza, wo das Leben ruhig weiterging. Die Geschichten von Lorenzo und Aurora hatten eine bittersüße Qualität, die sie nicht losließ. Vielleicht war es Zeit, mehr herauszufinden, nicht nur über Lorenzo, sondern auch über sich selbst.

Kapitel 21

Lena stand auf der Terrasse und ließ den Blick über die Mauern des Hauses schweifen. Der Morgen war klar und kühl, die Sonne wärmte bereits die steinernen Stufen. Das Haus hatte Charakter, das war unbestritten, aber es war auch in einem Zustand, der nach Arbeit schrie. Lena wusste, dass sie etwas tun musste, wenn sie hier wirklich bleiben wollte.

Mit einem Notizblock in der Hand ging sie durch die Räume und machte sich Notizen. Sie stellte sich vor, wie die staubigen Fenster geputzt wurden, die schiefen Fensterläden frisch gestrichen und die Wände wieder in hellem Weiß erstrahlten. Es gab so viel zu tun, dass es sie fast überwältigte, aber gleichzeitig fühlte sie eine ungeahnte Entschlossenheit.

Am Nachmittag betrat sie wieder die *Casa di Giulia*, wo Giulia sie mit ihrem üblichen freundlichen Lächeln begrüßte.

„Giulia, ich brauche deine Hilfe", begann Lena. Die beiden Frauen hatten sich schnell darauf geeinigt, das vertrauliche italienische „tu" zu verwenden, also sich zu duzen.

„Natürlich! Was kann ich für dich tun?"

„Ich möchte das Haus renovieren, aber ich habe keine Ahnung, wo ich anfangen soll. Gibt es jemanden im Dorf, der mir dabei helfen könnte?"

Giulia nickte sofort. „Matteo Ricci! Er ist der Beste, wenn es um Renovierungen geht. Er kennt sich mit alten Häusern aus und hat ein Händchen für solche Projekte."

„Kannst du mich mit ihm bekannt machen?"

„Sicher. Er kommt oft hierher. Warte einen Moment." Giulia nahm ihr Handy zur Hand, führte ein kurzes Telefonat und kurze Zeit später trat ein Mann zu ihnen.

Matteo war groß, hatte dunkles, zerzaustes Haar und wirkte, als hätte er den Vormittag damit verbracht, etwas Schweres zu tragen. Seine Hände waren rau, und sein Blick war ruhig, fast ein wenig prüfend.

„Matteo, das ist Lena Hartmann", stellte Giulia vor. „Sie hat das Haus von Aurora geerbt und möchte es renovieren."

Matteo reichte ihr die Hand, und Lena spürte die Stärke seines Griffs. „Freut mich", sagte er, seine Stimme tief und ruhig.

„Freut mich auch", erwiderte Lena und fühlte sich plötzlich unsicher. „Ich wollte fragen, ob Sie vielleicht Zeit und Lust hätten, mir zu helfen, Signor Ricci. Ich weiß, dass das Haus viel Arbeit ist, aber ich möchte es wirklich wiederherstellen."

Matteo nickte, überlegte eine Weile, bevor er antwortete. „Das Haus hat Potenzial. Ich kenne es schon lange, allerdings nur von außen. Es hat mir immer gefallen, besonders, wie es sich in die Struktur von Attani einfügt. Es ist gut, dass Sie es nicht aufgeben wollen."

„Das habe ich auch nicht vor", sagte Lena, und ihre Unsicherheit schwand ein wenig. „Ich kann helfen, Signora Hartmann", sagte Matteo schließlich. „Aber es wird Zeit brauchen und Geduld."

„Das habe ich, Signor Ricci", antwortete Lena ohne zu zögern, und ihre Stimme war fester als zuvor.

„Gut", sagte Matteo und lächelte leicht. „Ich komme morgen früh vorbei, und wir sehen uns alles an. Dann machen wir einen Plan."

Matteo streckte ihr die Hand entgegen, und Lena ergriff sie. Sein Händedruck war fest, aber nicht erdrückend. „Und nennen Sie mich Matteo. Das macht die Sache einfacher", fügte er mit einem Augenzwinkern hinzu.

Lena lächelte zurück. „Dann bin ich Lena. Auch das macht es einfacher."

Die beiden schüttelten sich die Hände, und ein leichtes Lachen löste die förmliche Spannung, die noch in der Luft gelegen hatte. Es war ein Anfang.

Kapitel 22

Am nächsten Tag begann die Arbeit. Matteo untersuchte jede Ecke des Hauses mit dem kritischen Blick eines Fachmanns. Lena ging neben ihm her und machte sich Notizen.

Während Matteo die Wände auf Risse überprüfte, blieb sein Blick an einer der alten Leinwände hängen, die Lena von oben herabgetragen hatte. „Das ist eines ihrer Bilder", sagte er plötzlich, seine Stimme leiser als sonst.

„Du kennst die Bilder?", fragte Lena erstaunt.

Matteo nickte. „Signora Aurora war bekannt für ihre Malerei. Viele im Dorf haben ihre Werke bewundert. Sie hat die Amalfiküste so gemalt, wie sie sie gesehen hat, lebendig, voller Farben und Licht."

Lena sah auf das Gemälde, das Matteo betrachtete. Es zeigte eine Reihe von Olivenbäumen, deren Schatten über eine steinige Terrasse fielen. Sie konnte spüren, wie viel Liebe und Sorgfalt in jedem Pinselstrich steckte. „Ich wusste gar nichts davon", sagte sie leise. „Aber jetzt fühle ich mich ihr näher."

Lena betrachtete ein weiteres Bild, es zeigte die Amalfiküste bei Sonnenuntergang, das Meer in leuchtendem Orange und Rosa, während die Klippen in tiefen Schatten lagen. Doch es war nicht nur die Farbenpracht, die Lena beeindruckte, sondern das Licht selbst, wie es das Bild durchzog, fast lebendig wirkte.

„Sie hat das Licht verstanden", murmelte Lena, mehr zu sich selbst als zu Matteo, der hinter ihr stand.

„Das Licht hier ist anders", sagte Matteo. „Es verändert alles. Es macht selbst die einfachsten Dinge zu etwas Besonderem."

Lena nickte. „Vielleicht hat sie deshalb dieses Haus nie wirklich verlassen. Hier konnte sie das Licht einfangen, und damit ihre Ideen erhellen."

Während einer kurzen Pause setzte sich Lena auf die alte Steinbank im Garten und nahm das Notizbuch wieder zur Hand. Sie las einige weitere Einträge, die von Lorenzo sprachen.

„Ich malte sein Gesicht, sein Lächeln. Es ist, als ob ich ihn auf der Leinwand festhalten könnte, auch wenn wir in Wirklichkeit Welten voneinander entfernt sind. Dann habe ich das Bild übermalt. Niemand soll wissen, wie sehr er mein Herz aufwühlte."

Kapitel 23

Die Planung der Renovierungsarbeiten begann vor allem mit detaillierten Erkundigungen des Hauses, der Struktur, der Architektur, der Materialien, die über die Jahre verwendet worden waren. Matteo erklärte Lena, welche Wände verstärkt werden mussten, wie man die alten Fenster reparieren konnte und welche Materialien am besten geeignet waren, um den Charakter des Hauses zu bewahren.

Eines Nachmittags, während er eine Skizze auf ein Blatt Papier zeichnete, fragte Lena neugierig: „Wie kennst du dich so gut aus? Du wirkst, als hättest du sehr viel Erfahrung mit alten Häusern wie   diesem."
Matteo lächelte leicht und legte den Stift beiseite. „Das liegt daran, dass ich Architektur studiert habe, in Neapel. Ich habe mich auf Restaurierung spezialisiert, aber irgendwann gemerkt, dass ich das Handwerkliche mehr liebe als die Theorie. Ich arbeite lieber direkt mit meinen Händen, anstatt nur zu entwerfen und zu planen."
Lena sah ihn überrascht an. „Das erklärt, warum du so ein Auge für Details hast. Warum bist du nicht in der Architektur geblieben?"
Er zuckte mit den Schultern, ein leicht nachdenklicher Ausdruck auf seinem Gesicht. „Ich wollte etwas Konkretes schaffen, nicht nur auf

Papier. Und ich wollte in der Nähe meiner Familie bleiben. Hier in der Gegend gibt es genug alte Häuser, die Leben brauchen. Wie dieses hier. Jedes davon hat seine Geschichte."
Lena spürte eine neue Ebene des Respekts für Matteo, er war ein Mann mit Leidenschaft für das, was er tat, jemand, der das Alte wertschätzte und neues Leben einhauchte.

Doch Matteo war nicht nur geduldig, sondern ließ Lena an jedem Schritt teilhaben. Sie begann, selbst Werkzeuge in die Hand zu nehmen, zu schleifen, zu streichen und kleine Reparaturen zu übernehmen. Es war anstrengend, aber auch erfüllend, und zum ersten Mal fühlte Lena, dass sie wirklich etwas erschuf.

„Du machst dich gut", sagte Matteo eines Abends, als sie beide auf der Terrasse saßen und den Tag Revue passieren ließen.
„Danke", antwortete Lena und lächelte. „Ich hätte nie gedacht, dass ich so etwas kann. Aber es fühlt sich richtig an."
Matteo nickte. „Das Haus wird wieder lebendig, und du mit ihm."

Lena spürte, wie seine Worte tief in ihr nachklangen. Sie war nicht nur dabei, ein altes Haus zu renovieren. Sie baute sich ein neues Leben auf, Stein für Stein, Farbe für Farbe.

In den Wochen nach der ersten Besichtigung hatte Lena kaum einen Moment der Ruhe. Gemeinsam mit Matteo hatte sie sich zunächst einen Überblick über den Zustand des Hauses verschafft. Sie hatten Pläne gezeichnet, Prioritäten gesetzt und die dringendsten Reparaturen bestimmt.

„Die Fassade muss zuerst", hatte Matteo erklärt und mit einem Bleistift auf die Skizze getippt, die er in seinem Notizbuch angefertigt hatte. „Dann die Fenster und Türen. Die Struktur ist stabil, aber wir dürfen nichts riskieren."

Lena hatte versucht, allem zu folgen, doch die Fülle an Details war überwältigend gewesen. Matteo hatte sie jedoch nie allein gelassen. Er erklärte ihr geduldig jeden Schritt, und sein Wissen über alte Gebäude beeindruckte sie immer wieder.

„Wir werden nicht alles allein schaffen", hatte er eines Abends gesagt, als sie auf der Terrasse saßen und den Plan erneut durchgingen. „Ich habe ein paar Leute aus dem Dorf angesprochen. Ein Maurer, ein Zimmermann und sogar jemand, der sich auf alte Fliesen spezialisiert hat. Sie alle kennen das Haus und sind bereit zu helfen."

Lena hatte erleichtert aufgeatmet. Die Vorstellung, all diese Arbeit allein zu bewältigen, hatte sie fast abgeschreckt. Doch mit der Hilfe der Dorfbewohner, und Matteos Erfahrung, schien das Projekt plötzlich machbar.

Die folgenden Tage waren erfüllt von Vorbereitungen. Materialien wurden geliefert, das Haus wurde ausgeräumt, und Lena begann, kleine Aufgaben zu übernehmen, die Matteo ihr anvertraute.

„Fang mit dem einfachen Teil an", hatte er gesagt

und ihr eine kleine Holzplatte gegeben, die sie abschleifen sollte. „Es geht nicht darum, perfekt zu sein, sondern darum, anzufangen."

Als die eigentlichen Arbeiten begannen, war das Haus erfüllt von Stimmen, dem Geräusch von Hämmern und Sägen und dem Duft von frischem Holz und Farbe. Lena fühlte sich überwältigt, aber auch belebt. Sie war Teil von etwas Größerem, etwas, das sie mit eigenen Händen formte, mit Matteo und den anderen Handwerkern an ihrer Seite.

Kapitel 24

Die Arbeit am Haus lief seit Tagen intensiv, und Lena hatte das Gefühl, jeden Muskel in ihrem Körper zu spüren. Matteo war unermüdlich, sein Wissen über alte Häuser beeindruckte sie, und seine Geduld schien unerschöpflich, zumindest meistens.

An einem warmen Nachmittag standen sie beide vor der Haustür, die Matteo gerade abgeschliffen hatte. Lena hielt eine Dose frischen Lacks und einen Pinsel in der Hand.

„Das sollte in zwei Schichten gestrichen werden", sagte Matteo, ohne sie anzusehen, während er die Holzmaserung prüfte.

„Zwei Schichten? Aber ich dachte, eine reicht", erwiderte Lena, die langsam das Gefühl bekam, ständig etwas falsch zu machen.

Matteo sah sie an, seine dunklen Augen ruhig, aber mit einem Anflug von Strenge. „Wenn du es richtig machen willst, dann zwei. Sonst hält es nicht."

Lena biss sich auf die Lippe. Es war nicht das erste Mal, dass Matteo in einem Ton sprach, der sie irritierte. Er war ein Perfektionist, und das bewunderte sie, aber manchmal fühlte sie sich, als würde er sie nicht ernst nehmen.

„Okay, zwei Schichten", murmelte sie schließlich und begann zu streichen.

Der Nachmittag verging in Schweigen, und Lena fühlte sich zunehmend frustriert. Matteo schien so selbstsicher, während sie sich ständig fragte, ob sie überhaupt wusste, was sie tat.

Am Abend, als sie beide auf der Terrasse saßen und den Tag ausklingen ließen, hielt Lena es nicht mehr aus.

„Warum hast du immer recht?", fragte sie plötzlich, ihre Stimme lauter, als sie beabsichtigt hatte.

Matteo, der gerade aus einer Flasche Wasser getrunken hatte, sah sie überrascht an. „Was meinst du?"

„Du behandelst mich, als hätte ich keine Ahnung von irgendwas. Und vielleicht habe ich das auch nicht, aber es fühlt sich an, als würdest du mich ständig korrigieren."

Matteo stellte die Flasche ab und sah sie ruhig an. „Ich wollte dich nicht bevormunden, Lena. Aber das Haus ist alt und braucht Sorgfalt. Wenn ich streng bin, dann nur, weil ich will, dass es hält. Und ehrlich gesagt ..." Er hielt inne und fuhr sich mit der Hand durch das Haar. „Ich bin beeindruckt von dem, was du bisher gemacht hast."

Lena starrte ihn an, die Worte trafen sie unvorbereitet. „Beeindruckt?"

„Ja. Die meisten hätten längst aufgegeben. Aber du machst weiter, selbst wenn es schwer ist."

Ein warmes Gefühl breitete sich in ihr aus, und ihre Anspannung ließ nach. „Es tut mir leid, dass ich so ausgerastet bin. Ich schätze deine Hilfe wirklich, ich hätte das ohne dich nie geschafft."

Matteo lächelte, ein seltenes, weiches Lächeln. „Wir sind ein Team, Lena. Aber ich werde versuchen, dich weniger zu nerven."

Sie lachten beide, und die Spannung, die sich aufgebaut hatte, löste sich in diesem Moment auf.

In den folgenden Tagen begann sich ihre Zusammenarbeit zu verändern. Matteo hörte mehr auf Lenas Ideen, und Lena begann, sich seiner Erfahrung zu vertrauen. Gleichzeitig spürte sie eine neue Art von Vertrautheit zwischen ihnen.

Eines Abends, als sie gemeinsam die Terrasse fegten, fiel Matteo plötzlich etwas aus der Hand, und ihre Finger streiften sich, als Lena danach griff. Ein kurzer, elektrischer Moment, der sie beide innehalten ließ.

„Entschuldige", murmelte Matteo, aber seine Stimme klang sanfter als sonst.

„Schon gut", erwiderte Lena, doch sie fühlte, wie ihr Herz schneller schlug.

Sie sahen sich für einen Moment an, länger, als es nötig gewesen wäre. Doch bevor jemand etwas sagen konnte, wandte Matteo sich wieder der Arbeit zu, und Lena tat es ihm gleich.

In dieser Nacht lag sie wach im Bett und dachte über diesen Augenblick nach. Es war etwas Neues zwischen ihnen, etwas, das sie gleichzeitig beunruhigte und faszinierte. Aber sie wusste auch, dass sie vorsichtig sein musste, denn während die Arbeit am Haus langsam Form annahm, war ihr

Herz vielleicht noch nicht bereit für die nächste Baustelle.

Als der noch nicht ganz volle Mond sein Licht durch ihr Schlafzimmerfenster warf, stand sie auf und ging auf die Terrasse. Sie blickte hinaus auf das endlose Dunkel des Meeres, in dem sich das Licht des Mondes spiegelte. Die Farben des Himmels und des Meeres changierten wie in einem Märchen, es war atemberaubend, aber ihre Gedanken waren weit weg von dieser Schönheit.

Die Worte von Rosa über Aurora und Lorenzo hallten in ihrem Kopf nach. *Liebe ist wie ein Gemälde, man weiß nie, ob es fertig wird oder ob man es irgendwann zerstören muss.*

Lena ließ sich auf den alten Steinboden der Terrasse sinken, die Knie an die Brust gezogen, und dachte an die Notizbuchseiten, die sie immer wieder durchgeblättert hatte. Die Skizzen von Lorenzo, die kurzen, fragmentierten Gedanken, alles wirkte wie ein Fenster in das Leben einer Frau, die ihr plötzlich so nahe erschien.

Aurora hatte Angst gehabt, jemanden so nah an sich heranzulassen, dass er ihre Freiheit bedrohen könnte. Lena konnte das verstehen. Nach Paul hatte sie sich geschworen, niemanden mehr so tief in ihr Leben zu lassen. Sie war zufrieden damit gewesen, allein zu sein, mit ihrem Blumenladen, ihrer Routine, ihrem sicheren Hafen. Aber jetzt, jetzt war sie sich nicht mehr sicher, ob das genug war.

Das unvollendete Gemälde auf der Staffelei kam ihr wieder in den Sinn. Die Pinselstriche schienen mitten in einem Moment stehen geblieben zu sein, als hätte Aurora Angst gehabt, den nächsten Schritt zu machen. War das Gemälde eine Metapher für ihre Beziehung zu Lorenzo?

„Und was ist mit mir?", murmelte Lena leise zu sich selbst.

Sie dachte an Matteo, an die kleinen Momente, die sie mit ihm geteilt hatte, seit sie in Atrani angekommen war. Sein Lächeln, seine ruhige Art, die Art, wie er ihr half, ohne viel Aufhebens darum zu machen. Da war eine Wärme, die sie nicht ignorieren konnte, und doch spürte sie, wie sich eine vertraute Unsicherheit in ihr regte.

Bin ich wie Aurora? Habe ich auch Angst, etwas zuzulassen, weil es mich verletzen könnte?

Der Wind spielte mit ihrem Haar, und sie atmete die salzige Luft tief ein. Vielleicht war das der Grund, warum sie hier war, nicht nur, um das Haus zu erben oder Auroras Geschichte zu entdecken, sondern auch, um etwas über sich selbst zu lernen. Dieses Haus, dieser Ort, sie boten nicht nur eine physische Herausforderung, sondern auch eine emotionale. Lena wusste, dass sie nicht ewig vor der Frage weglaufen konnte, was sie wirklich wollte, nicht nur für das Haus, sondern auch für ihr eigenes Leben.

Sie zog ihre Beine enger an sich und lehnte den Kopf gegen die kühle Steinwand der Terrasse. Vielleicht war das, was Rosa über Liebe gesagt hatte, wahr: Sie war wie ein Gemälde. Es erforderte Mut, sie zu beginnen, Geduld, sie zu vollenden, und Akzeptanz, dass sie nie perfekt sein würde.

Matteo war ein Teil dieses neuen Kapitels, ob sie wollte oder nicht. Seine Geduld, seine Leidenschaft für das Handwerk und seine Fähigkeit, sie herauszufordern, hatten etwas in ihr geweckt, das sie lange verborgen gehalten hatte. Vielleicht war es Zeit, die Angst beiseitezuschieben und sich auf das einzulassen, was vor ihr lag, das Haus, das Leben, die Möglichkeit einer Verbindung.

Doch nicht heute, dachte sie. Heute brauchte sie nur die Stille der Nacht und das Flüstern der Wellen, um ihre Gedanken zu ordnen. Morgen würde sie weitermachen, mit der Renovierung, mit Matteo und vielleicht auch mit der Suche nach Antworten auf die Fragen, die sie noch nicht zu stellen wagte.

Kapitel 25

Der Tag war lang gewesen, voller Renovierungsarbeiten und neuer Eindrücke, doch nun, in der Stille des Abends, fühlte Lena eine leise Unruhe in sich aufsteigen.

Sie dachte an Anna, die in Berlin den Blumenladen führte. Seit ihrer Ankunft in Italien hatten sie nur hin und wieder telefoniert, über WhatsApp geschrieben, kurze Updates, Bilder vom Haus oder ein schnelles „Alles okay?" Doch Lena spürte, dass sie ihre beste Freundin zu sehr vernachlässigte. Die Gespräche, das Lachen und der vertraute Austausch, all das fehlte ihr.

Mit einem Seufzen nahm sie ihr Handy zur Hand und wählte Annas Nummer. „Es wird Zeit, mal wieder richtig zu tratschen", murmelte sie, während das Freizeichen erklang. Als Anna schließlich abhob, konnte Lena das Lächeln in ihrer Stimme förmlich hören.

„Lena!" Annas Stimme klang wie immer voller Energie. „Wie läuft es in Italien? Bist du schon komplett eingewurzelt?"

Lena lächelte. „Noch nicht ganz, aber es fühlt sich langsam so an. Hör zu, ich wollte mit dir reden."

„Oh-oh", sagte Anna mit gespielter Ernsthaftigkeit. „Was kommt jetzt?"

„Ich denke, ich muss länger bleiben. Es gibt hier so viel zu tun, und zwei Wochen reichen einfach nicht aus. Glaubst du, du könntest den Blumenladen noch ein bisschen weiter übernehmen?"

Anna lachte leise. „Weißt du, ich hatte mich schon darauf eingestellt, wieder in mein langweiliges Büro zurückzukehren, aber mein Chef hat mir tatsächlich vorgeschlagen, von zu Hause aus zu arbeiten, wenn ich möchte. Ich mag ihn nicht besonders, aber das Angebot ist praktisch. Ich könnte den Laden weiterführen und gleichzeitig ein paar Eventprojekte für die Agentur betreuen, wenn nicht viel los ist. Das Beste aus beiden Welten, oder?"

Lena seufzte vor Erleichterung. „Das klingt perfekt. Du würdest mir damit wirklich sehr helfen, Anna."

„Na klar", sagte Anna. „Aber nur, wenn du mir versprichst, dass du das hier wirklich durchziehst. Dieses Haus, diese ganze Geschichte, das ist dein Abenteuer. Lass es nicht einfach los."

„Ich verspreche es", sagte Lena ernst. „Und wenn es vorbei ist, mache ich dir den besten italienischen Cappuccino, den du je getrunken hast."

„Ich nehme dich beim Wort", erwiderte Anna lachend. „Und vielleicht komme ich dich bald besuchen. Ich will schließlich sehen, was du da aufbaust."

„Das würde mich freuen", sagte Lena. „Danke, Anna. Für alles."

„Dafür sind Freundinnen da", sagte Anna. „Und wer weiß, vielleicht wird das hier für mich auch ein Neuanfang. Der Laden hat etwas Beruhigendes. Ein guter Kontrast zu meinem Chef, der mich ständig mit absurden Deadlines nervt."

Lena lachte. „Vielleicht findest du ja heraus, dass Blumen mehr zu deinem Leben passen als PowerPoint und Pitch-Präsentationen."

„Vielleicht", sagte Anna mit einem Hauch von Nachdenklichkeit. „Aber das klären wir ein anderes Mal. Mach du erst mal dein Ding, und lass mich wissen, wenn du was brauchst."

Kapitel 26

Lena schaute immer wieder gern bei Rosa vorbei. Sie liebte es, das frische Brot oder Gebäck aus Rosas kleiner Bäckerei zu kaufen und dabei ein bisschen zu tratschen. Rosa hatte eine ruhige, herzliche Art, die Lena an ihre eigene Mutter erinnerte, und in den letzten Wochen war die ältere Frau für sie zu einer Art Ersatz-Mama oder Oma geworden. Heute hatte Lena beschlossen, Rosa in den Garten einzuladen, um mit ihr über dies und das zu plaudern.

Der Morgen war mild, und ein leichter Wind brachte den Duft von Zitronenblüten und Lavendel mit sich. Lena ging langsam neben Rosa her, während sie die Terrassen des Gartens erkundeten. Die ältere Frau hatte einen kleinen Korb bei sich, aus dem der verlockende Geruch von frisch gebackenem Kuchen strömte.

„Dieser Garten ist ein Schatz", sagte Rosa und blieb stehen, um an einem der Rosmarinsträucher zu schnuppern, die entlang der alten Steinmauer wuchsen. „Aurora hat hier viele Stunden verbracht. Es war ihr Rückzugsort, ein Ort, an dem sie nachdachte und malte."

Lena betrachtete die alte Frau, die in ihrem beigen Kleid und mit ihrem Strohhut aussah, als würde sie selbst aus einer anderen Zeit stammen. „Ich kann verstehen, warum sie diesen Ort so geliebt hat. Er hat etwas Beruhigendes und gleichzeitig Inspirierendes."

Rosa nickte. „Das hat sie oft gesagt. Sie liebte es, wie die Pflanzen und das Licht sich im Laufe des Tages veränderten. Es war, als würde der Garten selbst leben."

Lena führte Rosa zu einer der höher gelegenen Terrassen, wo sie die Steinbank und den Steintisch entdeckt hatte, die halb von einer üppigen Bougainvillea umrankt waren. „Hier möchte ich gern den Kaffee mit dir trinken", sagte Lena und lächelte.

Rosa blieb überrascht stehen. Ihre Augen leuchteten, als sie die Bank betrachtete. „Das war Auroras Lieblingsplatz", sagte sie und ließ ihre Hand über die Steinbank gleiten. „Hier saß sie oft, mit einer Tasse Kaffee oder einem Skizzenblock. Sie sagte immer, dass das Licht hier am besten ist, morgens und abends."

Lena ließ ihren Blick über die Terrasse schweifen, die einen atemberaubenden Blick auf das Meer bot. Das Wasser glitzerte in der Sonne, und die Bougainvillea bildete einen leuchtenden Rahmen für die Aussicht. „Es ist wunderschön", sagte sie leise. „Ich kann mir vorstellen, wie sie hier gesessen hat."

Rosa stellte ihren Korb auf den Steintisch und zog eine Thermoskanne und zwei Tassen heraus. „Dann machen wir es uns hier gemütlich", sagte sie mit einem warmen Lächeln. „Ein Kaffee und ein

Stück Zitronenkuchen, genau wie Aurora es mochte."

Lena setzte sich auf die Bank, während Rosa den Kaffee einschenkte und ihr ein Stück Kuchen reichte. Der Duft des frischen Gebäcks mischte sich mit dem süßen Aroma der Bougainvillea und der salzigen Brise vom Meer.

„Dieser Garten hat Geschichten zu erzählen", sagte Rosa, während sie einen Schluck Kaffee nahm. „Und jetzt schreibst du deine eigene Geschichte hier, Lena. Vielleicht wird dieser Platz auch dein Lieblingsplatz."

Lena biss in den saftigen Kuchen und spürte die Wärme des Kaffees in ihren Händen. Sie sah über den Tisch hinweg zu Rosa, deren Gesicht von der Sonne beleuchtet wurde, und dann hinaus auf das glitzernde Meer.

„Vielleicht wird er das", sagte sie schließlich. „Es fühlt sich an, als wäre ich schon immer hier gewesen."

Rosa legte ihre Hand auf Lenas. „Das ist es, was die Natur mit einem macht. Sie zeigt dir, wo du hingehörst."

Für einen Moment saßen sie einfach nur da, während die Vögel in den Bäumen sangen und die Brise durch die Bougainvillea strich. Lena wusste, dass dieser Ort nicht nur Auroras Lieblingsplatz gewesen war, er würde auch ihrer werden.

Kapitel 27

Die Nachmittagssonne warf goldene Strahlen auf die Terrasse, als Lena sich daran machte, die Blütenblätter der Bougainvillea zusammenzufegen, die der Wind verstreut hatte. Sie genoss den leisen Rhythmus ihrer Arbeit, das Zwitschern der Vögel und das ferne Rauschen des Meeres. Plötzlich hörte sie Schritte und das Klirren von Absätzen auf den steinernen Treppen, die von der Piazza heraufführten. Lena richtete sich auf und blickte zum Eingang des Gartens.

Da stand Anna, mit einem breiten Grinsen im Gesicht, einer übergroßen Sonnenbrille auf der Nase und einer Reisetasche in der Hand.

„Anna!", rief Lena ungläubig und ließ den Besen fallen. Sie lief die Stufen hinunter, fast zu schnell, und stolperte dabei über einen lockeren Stein.

„Überraschung!" Anna streckte die Arme aus, und die beiden Freundinnen fielen sich lachend in die Arme.

„Was machst du hier?", fragte Lena, immer noch fassungslos. „Du hast doch gesagt, du bist zu beschäftigt, um zu kommen!"

„Das war gelogen." Anna lachte. „Ich konnte einfach nicht widerstehen, nachdem du mir so viel über diesen Ort erzählt hast. Außerdem klangst du am Telefon, als würdest du Gesellschaft brauchen."

Lena schüttelte den Kopf, immer noch überwältigt. „Du bist unglaublich. Aber du musst ja erschöpft sein von der Reise! Komm, erst mal in den Garten. Ich hole uns etwas zu trinken."

Anna nickte dankbar. „Klingt perfekt. Ein bisschen Schatten kann ich gerade gut gebrauchen."

Lena führte sie über die Terrasse und die Stufen hinunter in den Garten, wo die Bougainvillea in leuchtendem Rosa und Violett blühte. Der kühle Schatten der Zitronenbäume lud zum Verweilen ein. „Setz dich hier auf die Bank", sagte Lena, deutete auf die Steinbank unter den Ranken, und verschwand dann im Haus.

Kurze Zeit später kam sie mit einer Karaffe Mineralwasser, zwei Gläsern und einer kleinen Flasche Prosecco zurück. Sie stellte alles auf den runden Steintisch und setzte sich neben Anna.

„So", sagte Lena, als sie das erste Glas Prosecco eingoss. „Jetzt erzähl mal: Wie hast du das mit dem Laden geregelt? Du hast doch gesagt, es wäre schwierig, ihn allein zu lassen."

Anna nahm das Glas, lehnte sich zurück und lächelte. „Ach, das war gar nicht so kompliziert. Erinnerst du dich an das Lehrmädchen aus der Eventagentur? Sie ist in den letzten Wochen immer mal vorbeigekommen, wenn sie etwas für die Agentur gebraucht hat. Irgendwann hat sie angefangen, sich für die Blumen zu interessieren, und ich habe gemerkt, dass sie ein richtiges Händchen dafür hat."

„Und sie konnte einfach so einspringen?", fragte Lena, während sie ihr eigenes Glas füllte.

„Ja, genau", antwortete Anna und nahm einen Schluck. „Es ist im Laden momentan sowieso ruhig. Hochsommer, die halbe Stadt ist im Urlaub. Und ich bin ja nur für ein verlängertes Wochenende hier. Sie war sofort begeistert von der Idee und hat sogar gefragt, ob sie das öfter machen darf."

„Das klingt ja perfekt", sagte Lena und schüttelte ungläubig den Kopf. „Du hast also nicht nur eine Aushilfe gefunden, sondern vielleicht jemanden, der richtig Freude daran hat."

Lena lachte und hob ihr Glas. „Auf gute Ideen und unerwartete Lösungen!"

„Und auf dieses Paradies, das du gefunden hast", ergänzte Anna, und die beiden stießen an.

Nachdem sie noch eine Weile über dies und das geplaudert hatten, erhob sich Lena. „Na, bereit für eine kleine Führung? Ich zeige dir das Haus."

„Unbedingt!", sagte Anna begeistert und folgte Lena, die sie wieder über die Terrasse führte.

Im Haus sah Anna sich neugierig um und schoss begeistert Fotos.

„Das hier ist so anders als dein Leben in Deutschland", sagte Anna, als sie sich wieder auf der Terrasse niederließen, der Hitze und des Sommers wegen erst einmal Mineralwasser tranken und dann doch noch einen Pikkolo öffneten.. „Ich bin beeindruckt, wie du das alles machst."

Lena lächelte und nahm einen Schluck. „Es ist anders, ja. Aber es fühlt sich richtig an. Es ist viel Arbeit, aber irgendwie macht es Sinn."

Anna sah auf das Meer hinaus und schwieg eine Weile, bevor sie schließlich sagte: „Ich wünschte, ich hätte so etwas."

„So etwas wie was?"

„Einen Neuanfang. Etwas Eigenes." Anna seufzte und spielte mit ihrem Glas. „Ich mag es unglaublich, in der Agentur zu arbeiten, Events, Mode, schicke Leute, das gefällt mir, das ist schon eher mein Ding. Dachte ich bisher zumindest. Aber jetzt fühle ich etwas anderes, ich habe den Wunsch nach etwas Eigenem, nach etwas, das man mit den Händen angreifen kann."

Lena sah ihre Freundin nachdenklich an. Anna hatte schon immer eine kreative Seite gehabt.

„Weißt du", begann Lena, „da gibt es vielleicht etwas, was du machen könntest."

„Was meinst du?", fragte Anna und hob eine Augenbraue.

„Mein Blumengeschäft", sagte Lena schließlich. „Du hast doch gesagt, dass du die Arbeit magst und dass du dir vorstellen könntest, so etwas zu machen. Warum übernimmst du es nicht?"

Anna starrte sie an, als hätte Lena gerade vorgeschlagen, den Mond zu kaufen. „Dein Geschäft? Ich? Das ist doch verrückt."

„Warum? Du hast das Talent, Anna. Und außerdem, du machst das doch schon seit einem Monat, und es läuft großartig! Du hast gezeigt, dass du es kannst. Die Kunden mögen dich, und du hast ein Auge für kreative Arrangements."

Anna wirkte unsicher, aber in ihren Augen flackerte Hoffnung auf. „Ja, aber das war nur vorübergehend. Es ist etwas ganz anderes, es dauerhaft zu machen."

„Natürlich ist es eine Herausforderung", sagte Lena. „Aber du kennst die Leute in der Stadt, du weißt, wie man mit Blumen arbeitet, und du hast die Organisation im Blut. Außerdem hast du doch erzählt, dass dein Chef dir erlaubt hat, hin und wieder für die Eventagentur remote zu arbeiten. Das gibt dir Sicherheit für den Anfang."

„Aber ich habe keine Ahnung, wie man ein Geschäft führt. Und was ist, wenn es Probleme gibt?"

„Dann rufst du mich an", sagte Lena mit einem Lächeln. „Ich würde es dir nicht vorschlagen, wenn ich nicht sicher wäre."

Anna schwieg eine Weile und drehte das Glas in ihren Händen. Schließlich sah sie Lena an, ihre Augen leuchteten. „Aber ein bisschen habe ich schon Angst vor dieser großen Entscheidung."

Lena hob überrascht eine Augenbraue. „Du? Angst? Anna, du bist normalerweise diejenige von uns, die vor nichts zurückschreckt."

Anna lächelte. „Ja, normalerweise. Aber das hier ist was anderes. Einen Job zu wechseln oder eine große Entscheidung zu treffen, das konnte ich immer. Aber das hier fühlt sich endgültig an. Was, wenn ich scheitere?"

Lena schüttelte den Kopf und grinste. „Das sagt genau die Frau, die mich vor ein paar Wochen fast angeschrien hat, ich solle endlich nach Italien fliegen und mich diesem Abenteuer stellen."

„Das war was anderes", verteidigte sich Anna und lachte. „Du hattest nichts zu verlieren."

„Und das hast du jetzt auch nicht", konterte Lena mit einem Lächeln. „Du hast das Geschäft jetzt schon seit einem Monat geführt, und es läuft fantastisch. Du hast bewiesen, dass du es kannst, Anna. Die Kunden lieben dich, und du hast ein Händchen für Blumen. Außerdem machst du all das mit der gleichen Leichtigkeit, mit der du früher unsere Mathehausaufgaben für uns beide gemacht hast."

Anna schüttelte lachend den Kopf. „Das zählt nicht. Mathe war leicht."

„Und das wird auch leicht sein, wenn du dir endlich zutraust, es zu versuchen", sagte Lena ernst.

Anna dachte einen Moment nach und nippte an ihrem Glas. „Es stimmt, ich habe nicht erwartet, dass es so viel Spaß macht. Ich dachte, der Blumenladen wäre nur eine Zwischenlösung, bis du zurückkommst. Aber je länger ich das mache, desto mehr merke ich, wie sehr ich es mag. Die Kunden, die kreativen Möglichkeiten, es ist so anders als mein Alltag in der Eventagentur."

„Weil es dir gehört", sagte Lena sanft. „Du kannst etwas Eigenes daraus machen. Du bist nicht nur ein Zahnrad in einer großen Maschine."

„Aber es ist trotzdem ein großer Schritt", sagte Anna.

Lena lächelte und beugte sich vor. „Anna, ich bin gerade in ein fremdes Land gezogen, habe ein altes Haus geerbt, das fast auseinanderfällt, und arbeite mit einem Architekten, der so stur ist wie die alten Mauern hier. Ich hätte nie gedacht, dass ich das kann, aber ich tue es. Und du kannst das auch."

Anna schüttelte lächelnd den Kopf. „Es ist verrückt, dass ausgerechnet du jetzt die Mutige bist, Lena."

„Vielleicht tauschen wir einfach mal die Rollen", sagte Lena und zwinkerte.

Die beiden Frauen lachten, und der Moment fühlte sich an wie früher, als sie zusammen auf der Couch saßen und über alles Mögliche sprachen.

„Also, was sagst du?", fragte Lena schließlich.

Anna lehnte sich zurück, ihr Gesicht nachdenklich, aber mit einem Anflug von Entschlossenheit. „Ich denke, ich sollte es versuchen."

„Das klingt nach der Anna, die ich kenne", sagte Lena mit einem breiten Grinsen.

Kapitel 28

Am nächsten Tag saßen die beiden im kleinen *Caffè Rosa* auf der Piazza. Zwischen ihnen stand ein Laptop, daneben zwei dampfende Tassen Kaffee und zwei Teller mit Zitronenkuchen. Der Duft des frisch gebackenen Gebäcks mischte sich mit dem herben Aroma des Espressos, und die Sonne strahlte warm auf die Piazza.

„Also", begann Lena, während sie durch die Unterlagen auf dem Bildschirm scrollte, „wir machen es so: Ich begleite dich in den ersten Monaten, am besten via Skype oder Zoom oder WhatsApp. Ich zeige dir, wie alles läuft, und du kannst dich einarbeiten. Danach irgendwann geht das Geschäft offiziell in deinen Besitz über."

Anna nickte und lehnte sich zurück. Ihre Augen glitzerten vor Begeisterung und einem leichten Hauch von Nervosität. „Das klingt gut. Aber was ist mit den finanziellen Sachen? Ich meine, ich habe Ersparnisse, aber ..."

„Darüber machen wir uns keinen Stress", unterbrach Lena sie mit einem Lächeln. „Wir können eine Ratenzahlung vereinbaren. Mir ist wichtiger, dass der Laden in guten Händen ist. Das Geld ist nicht das Wichtigste."

Anna schüttelte den Kopf und grinste. „Du bist wirklich die beste Geschäftspartnerin, die man sich vorstellen kann. Wieso hast du nicht BWL studiert?"

Lena lachte und nahm einen Schluck von ihrem Kaffee. „Weil ich wahrscheinlich immer noch an derselben Matheprüfung sitzen würde, die ich damals geschwänzt habe."

Anna stimmte in das Lachen ein, während sie sich ein Stück Zitronenkuchen nahm. „Dieser Kuchen ist unglaublich. Wie hältst du es aus, hier zu leben und nicht jeden Tag bei Rosa zu sitzen? Du bist immer noch so schlank wie vor einem Monat."

„Ich halte es nicht aus", gab Lena zu. „Ich bin mindestens zweimal die Woche hier. Und fürs Zunehmen sorgt schon die viele Arbeit und die vielen Stufen hier in Atrani."

Anna lachte und prostete Lena mit der Kaffeetasse zu. „Auch gut, Arbeit als Diätprogramm! Auf uns beide. Zwei mutige Frauen, die das Leben ordentlich durchrütteln."

„Auf uns beide", sagte Lena und lächelte zurück. Sie nahmen gleichzeitig einen Schluck, während Rosa mit einer neuen Kanne Kaffee vorbeikam, sich nach ihrem Wohlbefinden erkundigte, sich zu ihnen setzte und mit ihnen plauderte.

Kapitel 29

Einige Wochen später flog Lena zurück nach Deutschland, um die endgültige Übergabe des Blumengeschäfts an Anna zu begleiten. Der Flug fühlte sich wie eine Reise in ein vergangenes Kapitel an, und als sie dann durch die vertrauten Straßen von Berlin spazierte, verspürte sie eine seltsame Mischung aus Nostalgie und Distanz. Die Stadt war dieselbe, doch für Lena hatte sie etwas von ihrer Bedeutung verloren. Ihr Herz war längst an der Amalfiküste.

Die Tür des Ladens knarzte leise, als Lena sie öffnete. Der Duft frischer Blumen, das altmodische Kassenbuch auf der Theke, die vertraute Anordnung der Regale, alles war fast genau so, wie sie es zurückgelassen hatte. Und doch spürte sie den Einfluss von Anna, deren Modernität, deren Schick, deren Swing. Es war noch Lenas Geschäft, und doch nicht mehr.

Anna war bereits da. Sie trug ein schlichtes Kleid, und ihr Haar war nicht offen, wie sonst, sondern zu einem schlichten Knoten gebunden, ihre Augen verrieten eine Mischung aus Aufregung und Stolz. Seit Lena nach Italien gezogen war, hatte Anna den Laden allein geführt. Tägliche Videoanrufe, WhatsApp-Nachrichten und abendliche Updates hatten den Übergang reibungslos gemacht, doch nun war es Zeit, alles offiziell zu regeln.

„Bereit?", fragte Lena mit einem Lächeln.

„Bereit", antwortete Anna.

Am Nachmittag besuchten sie Herrn Schäfer in seiner Kanzlei. Der alte Anwalt begrüßte sie freundlich und schob seine Brille auf die Nasenspitze. „Frau Hartmann, Frau Wagner, ich freue mich, dass wir heute alles regeln können."

Die Übergabe war unkompliziert. Lena übertrug Anna die Geschäftsführung offiziell, wobei sie eine Ratenzahlung für den Kauf vereinbarten. Herr Schäfer prüfte die Dokumente noch einmal, bevor beide Frauen unterschrieben. „So", sagte er, als er die Akte schloss. „Jetzt gehört das Geschäft Ihnen, Frau Wagner. Viel Erfolg."

Anna sah Lena an, ihre Augen leuchteten vor Aufregung. „Ich kann gar nicht glauben, dass das jetzt wirklich passiert."

„Es passiert", sagte Lena. „Und du wirst großartig sein."

In den folgenden Tagen zeigte Lena ihr noch die letzten Details: Buchhaltung, Kontakte zu Lieferanten, zu Großkunden, die immer wieder Arrangements für ihre Büroräume brauchten, Finanzamt-Angelegenheiten, aber auch ein paar kleine Tricks beim Blumenarrangieren und wie man den Laden für besondere Anlässe dekorieren könnte.

Am letzten Tag vor Lenas Rückkehr nach Italien hatten die beiden eine kleine Feier im Blumenladen organisiert. Stammkunden kamen vorbei, brachten Sektflaschen und gute Wünsche. Frau Bergmann, die immer ihre gelben Tulpen kaufte, umarmte Anna herzlich. „Dieser Laden gehört zur Stadt", sagte sie. „Und Sie werden ihn wunderbar weiterführen."

Als die letzten Gäste gegangen waren und die Tür hinter ihnen ins Schloss fiel, standen Anna und Lena allein im Laden. Die Stille war feierlich. Lena zog den Zweitschlüssel aus ihrer Tasche und hielt ihn Anna hin.

„Das ist jetzt deins", sagte sie.

Kapitel 30

Als Lena durch die Glastüren des Flughafens in Neapel trat, war sie überrascht, Matteo zu sehen. Er stand lässig neben dem Wagen, die Hände in den Taschen, und grinste, als er sie entdeckte.

„Matteo?" fragte sie, während sie auf ihn zuging. „Ich dachte, Marco holt mich ab."

„Überraschung", sagte er und zog eine Hand aus der Tasche, um ihr den Koffer abzunehmen. „Marco und ich haben getauscht. Ich dachte, es wäre nett, dich persönlich abzuholen."

Lena konnte nicht anders, als zu lächeln. „Das ist wirklich nett von dir. Danke."

„Na dann, komm. Ich habe den momentan schnellsten Weg zurück nach Atrani ausgesucht. Du kannst dich entspannen", sagte er und öffnete die Beifahrertür für sie.

Die Fahrt begann ruhig, aber schon bald plauderten die beiden wie alte Freunde. Lena erzählte ihm von ihrer Zeit in Deutschland, wie gut Anna sich im Laden geschlagen hatte und wie zufrieden sie mit der Übergabe war.

„Es klingt, als hättest du alles richtig gemacht", sagte Matteo. „Es war bestimmt nicht leicht, oder?"

Lena schüttelte den Kopf. „Nein, aber ich weiß, dass es die richtige Entscheidung war. Anna wird großartig sein, und ich wollte einfach weitermachen. Hier."

Matteo lächelte. „Hier hast du definitiv ein neues Kapitel begonnen. Das Haus ist übrigens fast fertig. Die meisten Arbeiten sind abgeschlossen. Es fehlen nur noch ein paar Feinschliffe."

„Wirklich?" fragte Lena, ihre Augen leuchteten vor Freude. „Ich kann es kaum erwarten, es zu sehen."

„Du wirst es lieben", sagte Matteo und schaltete das Radio ein. Eine sanfte Melodie erfüllte den Wagen, während sie sich durch die kurvigen Straßen entlang der Küste schlängelten.

Als sie endlich das Haus erreichten, half Matteo ihr mit dem Gepäck und führte sie zur Terrasse. Dort hatte er den kleinen Tisch gedeckt, der unter einer Kerze und mit Köstlichkeiten aus der Region dekoriert war: Prosciutto, frische Büffelmozzarella, marinierte Oliven, eingelegte Artischocken und knuspriges Brot. Daneben stand eine Flasche gekühlter Roséwein aus der Region, das Kondenswasser perlte an der Flasche hinab.

„Matteo, das hast du alles vorbereitet?" fragte Lena und betrachtete die liebevolle Anordnung.

Matteo lächelte, schüttelte aber den Kopf. „Nicht ganz. Giulia hat mir geholfen, sie hat das meiste gemacht, während ich dich abgeholt habe. Aber ich wollte sicherstellen, dass du nach der langen Reise etwas Gutes zu essen hast. Und ehrlich gesagt, ich wollte den Abend mit dir verbringen."

Lena lächelte, setzte sich auf einen der Stühle und sah ihn an. „Das ist perfekt. Ich werde mich morgen bei Giulia bedanken, aber heute genieße ich einfach den Moment. Danke, Matteo."

Während sie aßen, erzählte Matteo ihr von den Fortschritten am Haus. „Die Handwerker haben großartige Arbeit geleistet. Die Küche ist fast fertig, und wir haben es geschafft, die alten Fliesen in den Badezimmern zu erhalten."

„Ich freue mich so darauf, alles zu sehen", sagte Lena und nahm einen Schluck vom Rosé, dessen kühle Frische perfekt zu dem Abend passte. „Und danke, dass du dich so engagierst. Ohne dich hätte ich das alles nicht geschafft."

„Ohne dich hätte ich die Gelegenheit nie gehabt", erwiderte Matteo leise und sah sie an. Für einen Moment hielt Lena seinem Blick stand, und die Welt um sie herum schien stillzustehen.

Kapitel 31

Am nächsten Morgen war das Haus in das sanfte Licht der aufgehenden Sonne getaucht. Lena wollte die Fortschritte der letzten Woche anzusehen. Matteo hatte am Abend zuvor erwähnt, dass die Arbeiten gut vorangingen.

Die frisch gestrichenen Wände strahlten in einem hellen Cremeweiß, und die neuen Fensterrahmen ließen mehr Licht ins Innere fluten. Lena lächelte, als sie durch den Flur ging und die Details betrachtete. Die Treppe, die Matteo mit einem seiner Handwerker restauriert hatte, wirkte stabiler, und das Geländer glänzte, als hätte es nie Rost angesetzt.

Im Wohnzimmer blieb sie stehen. Der alte Sekretär, den Matteo erwähnt hatte, stand an seinem Platz in einer Ecke, fast wie ein stiller Wächter. Lena erinnerte sich an das Gespräch am Abend zuvor: *„Es ist ein wirklich schönes Stück"*, hatte Matteo gesagt. *„Ich habe darüber nachgedacht, ihn renovieren zu lassen, falls du das möchtest."*

Sie ging zu dem Sekretär hinüber. Das dunkle Holz schimmerte matt, und die kunstvollen Verzierungen wirkten wie eine Geschichte, die darauf wartete, erzählt zu werden. Lena strich mit den Fingern über die Oberfläche, bevor sie an der Schublade zog.

Die Schublade klemmte, genau wie Matteo gesagt hatte. Sie setzte etwas mehr Kraft ein, und mit einem leisen Knarren gab sie nach. Staub wirbelte auf, und ein schwacher Holzgeruch stieg ihr in die Nase. Die Schublade wirkte zunächst leer, doch etwas an ihrer Tiefe ließ Lena innehalten. Ihre Finger glitten über den Boden, bis sie auf eine Unebenheit stießen.

„Das ist nicht nur eine einfache Schublade", murmelte sie, während sie die lose Holzplatte anhob. Darunter fand sie ein kleines Bündel Papier, sorgfältig mit einer Schnur zusammengebunden. Lena hob es heraus und setzte sich mit den vergilbten Seiten in der Hand an den Sekretär.

Die Briefe waren alt, die Tinte leicht verblasst, aber die Handschrift elegant und klar. Ihr Herz schlug schneller, und sie wusste sofort, dass sie etwas Besonderes gefunden hatte.

Lena atmete tief ein, legte die Briefe vorsichtig auf den Tisch und lehnte sich zurück. Die Geschichten, die in diesem Haus lebten, schienen endlos. Und sie hatte gerade ein weiteres Stück davon entdeckt.

Zwischen ein paar vergilbten Papieren, alten Briefen und Notizzetteln fand sie ein kleines, abgenutztes Kuvert. Es war an Aurora adressiert, die Schrift schwungvoll, aber leicht verblasst. Das Kuvert war bereits geöffnet, und als sie das Schreiben herauszog, spürte sie, wie die Luft um sie herum still zu stehen schien. Der Brief war kurz, die Worte knapp, aber sie trafen Lena wie ein Schlag:

„Mit großem Bedauern müssen wir Ihnen mitteilen, dass Lorenzo Santini am 12. März 1983 verstorben ist. Unsere Gedanken sind in dieser schweren Zeit bei Ihnen."

Lena starrte auf die Worte. Lorenzo war tot, schon lange. Sie konnte sich nicht vorstellen, wie Aurora sich gefühlt haben musste, als sie diesen Brief erhielt. Es musste einer dieser Momente gewesen sein, in denen die Welt ihren Rhythmus verlor, alles langsamer wurde und der Schmerz alles andere überdeckte.

Die Worte schienen schwerer zu wiegen, als sie das Papier in ihren Händen hielt. Sie setzte sich auf den Rand des Sessels und las weiter. Lorenzo war in New York verstorben, wie der Brief erläuterte, und das Schreiben richtete sich an Aurora Pellegrini, um sie über seinen Tod zu informieren.

Lena legte den Brief vorsichtig zurück und entdeckte einen weiteren Stapel, Briefe in einer sauberen, persönlichen Handschrift. *„Geliebte Aurora"*, las sie. Dann stockte sie, sie konnte nicht weiterlesen. Das waren Liebesbriefe, die Lorenzo an Aurora geschrieben hatte.

Sie strich vorsichtig mit den Fingern über das Papier, spürte die Geschichte, die darin verborgen lag, doch sie konnte sich nicht überwinden, sie zu lesen. Es fühlte sich an, als würde sie in eine intime Sphäre eindringen, die ihr nicht zustand.

Mit einem tiefen Atemzug legte sie die Briefe zurück in die Schublade und schloss sie leise. „Das gehört dir, Aurora", flüsterte sie.

Ihre Gedanken wanderten zu einer Notiz im Notizbuch, die sie zuvor nicht vollständig verstanden hatte: *„Manchmal malt man nicht weiter, weil man weiß, dass es nie wieder so sein wird, wie es war."*

Mit einem Mal ergab alles Sinn. Das unvollendete Gemälde, die verstreuten Skizzen, es war nicht nur Angst gewesen, die Aurora vom Weitermalen abgehalten hatte. Es war die endgültige Gewissheit, dass Lorenzo nie wieder zurückkehren würde. Der Tod hatte jede Möglichkeit auf Wiedersehen oder Versöhnung genommen.

Lena ließ sich auf die Couch sinken. Der Gedanke, dass Aurora diese Last über all die Jahre getragen hatte, berührte sie tief. Aurora war nicht nur eine Künstlerin gewesen, die mit ihren Pinselstrichen die Welt festhielt, sie war auch ein Mensch gewesen, der sich nach Liebe gesehnt hatte, aber nie den Mut gefunden hatte, sie ganz zuzulassen.

Sie stand auf und ging zum Kamin, wo sie das unvollendete Gemälde auf der Staffelei noch einmal betrachtete. Das Gesicht von Lorenzo, so lebendig und intensiv, schien sie jetzt mit anderen Augen anzusehen. Die leeren Stellen des Hintergrunds schienen fast symbolisch, als ob Aurora sich geweigert hätte, die Geschichte zu Ende zu erzählen.

„Ist das der Grund, dass sie ihn nicht fertig gemalt hat?", fragte sich Lena. Aber sie wusste die Antwort. Aurora hatte ihn nicht loslassen können, und vielleicht war das Gemälde ihr letzter Halt gewesen.

Lena spürte die salzige Brise, die durch das offene Fenster hereinwehte. Sie dachte an Matteo, an die Wärme, die sie in seiner Nähe empfand, und an die kleinen Momente, die sie in letzter Zeit geteilt hatten. Und sie dachte an ihre eigene Angst, sich zu öffnen, jemanden nah genug an sich heranzulassen, dass er sie verletzen könnte.

„Ich will nicht wie Aurora sein", flüsterte sie.

Der Brief lag noch immer in ihrer Hand, ein stilles Zeugnis einer vergangenen Liebe. Lena legte ihn behutsam zurück in die Schublade und schloss sie. Der Schmerz, den Aurora durchlebt hatte, war nicht mehr zu ändern, aber Lena konnte daraus lernen.

Mit einem tiefen Atemzug richtete sie sich auf und ließ den Blick durch das Zimmer schweifen. Vielleicht war es an der Zeit, Auroras Geschichte zu vollenden, für sie und für sich selbst.

Kapitel 32

Lena saß am Küchentisch des Hauses, den Brief neben sich, und starrte auf die Notiz im Notizbuch, die sie nun in einem völlig neuen Licht sah. *„Manchmal malt man nicht weiter, weil man weiß, dass es nie wieder so sein wird, wie es war.“*

Die Worte hatten eine traurige Klarheit, die ihr die Kehle zuschnürte. Lorenzo war für Aurora mehr gewesen als nur ein Motiv, er war die Verkörperung all dessen, was sie sich wünschte, aber nicht zu erreichen wagte.

Lena nahm einen Schluck Wasser aus ihrem Glas, während ihre Gedanken sich überschlugen. Rosa hatte so liebevoll von Lorenzo gesprochen, als wäre er immer noch ein Teil des Dorfes, ein Schatten, der durch Auroras Kunst lebendig blieb. Doch Rosa wusste nicht, dass Lorenzo schon vor Jahrzehnten gestorben war.

Wie wird sie reagieren? fragte Lena sich. Es war ein seltsames Gefühl, die Hüterin eines Geheimnisses zu sein, das nicht einmal Rosa kannte, jemand, der Aurora gut gekannt hatte.

Lena stand auf und trat hinaus auf die Terrasse. Der Wind trug den Duft von Zitronenbäumen und Meer heran, doch selbst dieser beruhigende Geruch konnte ihre Gedanken nicht ordnen. Sie erinnerte sich an Rosas Worte: *„Manchmal saß sie hier, mit einer*

Tasse Kaffee, und starrte aufs Meer hinaus, als würde sie auf ihn warten."

Das Warten war vergeblich gewesen. Aurora hatte gewartet, geträumt, und vielleicht auch bereut, ohne zu wissen, dass Lorenzo längst nicht mehr zurückkommen konnte.

„Ich muss mit Rosa sprechen", murmelte Lena.

Der Gedanke, mit der älteren Frau zu sprechen, erfüllte sie mit einer Mischung aus Nervosität und Dringlichkeit. Rosa hatte so viele Erinnerungen an Aurora geteilt, aber das Bild war unvollständig geblieben. Lena fühlte sich verpflichtet, ihr die Wahrheit zu erzählen, auch wenn es schmerzhaft sein könnte.

Sie schaute auf die Uhr. Es war früher Nachmittag, und das Caffè Rosa war zu dieser Zeit meist ruhig. *Vielleicht ist jetzt ein guter Moment,* dachte sie.

Doch bevor sie losging, hielt sie inne. Was genau wollte sie Rosa sagen? Und war es wirklich ihre Aufgabe, das Geheimnis zu lüften, das Aurora so lange verborgen gehalten hatte?

Lena seufzte, legte den Brief zurück in die Schublade und nahm stattdessen das Notizbuch. Sie strich mit den Fingern über die vergilbten Seiten und spürte eine seltsame Verbindung zu dieser Frau, die ja tatsächlich fast so etwas wie eine Tante, eine Verwandte für sie war. Vielleicht würde Rosa ihr helfen, die letzten Puzzlestücke zusammenzusetzen, und vielleicht könnte Lena ihr helfen, Lorenzo endlich loszulassen.

Mit einem letzten Blick auf das unvollendete Gemälde machte sie sich auf den Weg zurück ins Dorf.

Kapitel 33

Das *Caffè Rosa* war ruhig, als Lena eintrat. Nur ein paar Gäste saßen an den kleinen Tischen, und Rosa stand hinter der Theke, ihre Hände beschäftigt mit einer Kaffeekanne. Sie hob den Blick, als Lena hereinkam, und ihr Gesicht erhellte sich.

„Ah, Lena! Was für eine Freude, Sie zu sehen", rief Rosa und winkte sie zu sich.

„Buongiorno, Rosa", sagte Lena mit einem schwachen Lächeln, das die Nervosität in ihrem Inneren nicht ganz verbergen konnte.

„Setzen Sie sich, ich bringe Ihnen einen Kaffee", sagte Rosa und deutete auf den Tisch am Fenster, an dem Lena oft saß.

Lena nahm Platz und wartete, bis Rosa mit einer dampfenden Tasse vor ihr stand. Die ältere Frau zog sich einen Stuhl heran und setzte sich Lena gegenüber. „Was gibt's, mia cara? Sie sehen aus, als hätten Sie etwas auf dem Herzen."

Lena nahm einen tiefen Atemzug, ihre Finger umklammerten die Tasse. „Ich habe etwas im Haus gefunden, Rosa. Es ist ein Brief, ein alter Brief, der an Aurora gerichtet war."

Rosa runzelte die Stirn, ihre Augen zeigten Neugier und eine Spur Besorgnis. „Ein Brief? Was für ein Brief?"

„Es geht um Lorenzo", sagte Lena leise und beobachtete Rosas Gesichtsausdruck genau.

Die ältere Frau hielt inne, ihre Augen weiteten sich leicht. „Lorenzo? Was steht in dem Brief?"

Lena griff in ihre Tasche und zog das kleine Kuvert hervor. Sie hatte es vorsichtig mitgenommen, unsicher, ob sie es zeigen sollte. Doch sie legte es auf den Tisch, ihre Stimme war sanft, als sie sprach: „Es ist eine Nachricht über seinen Tod, Rosa. Lorenzo ist 1983 gestorben."

Rosas Gesichtsausdruck wechselte von Überraschung zu stillem Schmerz. Sie nahm den Brief in die Hände, las die Worte langsam und schüttelte dann den Kopf. „Oh, Aurora ...", flüsterte sie, als Tränen in ihre Augen stiegen.

Lena wartete, ließ Rosa die Nachricht in ihrem eigenen Tempo verarbeiten. Nach einer Weile legte Rosa den Brief vorsichtig zurück auf den Tisch und wischte sich mit der Hand über die Augen.

„Das erklärt so vieles", sagte sie schließlich, ihre Stimme leise und zitternd. „Ich habe mich immer gefragt, warum Aurora nie wieder über Lorenzo gesprochen hat. Sie war so still geworden, so verschlossen, aber ich dachte, es wäre ihre Art, mit ihrer Angst vor Bindung umzugehen. Ich wusste nicht, dass sie ihn endgültig verloren hatte."

„Es tut mir leid, Rosa", sagte Lena aufrichtig.

Rosa schüttelte den Kopf und nahm Lenas Hand. „Nein, mia cara, danke, dass Sie mir das gesagt haben. Es ist schmerzlich, ja, aber es bringt auch Klarheit. Lorenzo war ein wichtiger Teil von

Auroras Leben, und jetzt verstehe ich besser, warum sie nie wirklich loslassen konnte."

Rosa blickte hinaus auf die Piazza, ihre Augen suchten etwas in der Ferne. „Aurora war so stolz auf ihre Freiheit, auf ihre Unabhängigkeit. Aber jetzt sehe ich, dass sie auch viel geopfert hat, um sie zu bewahren."

Lena schwieg und ließ Rosas Worte in sich nachklingen. Der Gedanke, dass Aurora jahrelang mit diesem Verlust gelebt hatte, hinterließ eine Schwere, die sie nicht erwartet hatte.

„Ich hoffe", sagte Rosa schließlich, „dass Sie aus ihrer Geschichte etwas lernen können, Lena. Sie sind so jung, und Sie haben noch Zeit, das Leben zu leben, das Aurora sich vielleicht gewünscht hat."

Lena nickte langsam, doch sie wusste, dass sie erst herausfinden musste, wie sie Auroras Geschichte würdigen konnte.

Kapitel 34

Die Nacht war ungewöhnlich still, fast unheimlich. Lena stand auf der Terrasse und betrachtete den Horizont, wo dunkle Wolken das Abendlicht verschluckten. Der Wind war stärker geworden, und ein erstes Grollen von Donner hallte durch die Hügel von Atrani.

„Das sieht nach einem großen Sturm aus", hatte Matteo am Nachmittag gesagt, als er die letzten Werkzeuge in seinen Wagen lud. „Sicher, dass du hierbleiben willst?"

„Ja", hatte Lena geantwortet. „Ich komme zurecht."

Jetzt, in der Dunkelheit, war sie sich nicht mehr so sicher. Der Wind hatte an Intensität zugenommen und rüttelte an den Fensterläden, die sie vor Stunden fest verschlossen hatte. Blitze zuckten über das Meer, erhellten die Fassade des Hauses für Sekundenbruchteile und ließen es wie eine verwunschene Ruine wirken.

Die ersten Tropfen fielen, dann prasselte der Regen plötzlich heftig nieder. Lena zog sich ins Haus zurück, aber der Sturm ließ sie nicht los. Es klang, als würde die Natur versuchen, das alte Gebäude zu testen, ob es den Kräften standhalten konnte.

Am nächsten Morgen war der Sturm vorüber, doch das Chaos, das er hinterlassen hatte, war überall sichtbar. Lena trat vorsichtig hinaus, das Herz schwer bei dem Gedanken, was sie erwarten würde.

Die Terrasse war mit Ästen und Trümmern übersät. Eine der Fensterläden war abgerissen und lag zerbrochen auf dem Boden. Teile des Dachs waren beschädigt, und Wasser war in mehrere Räume eingedrungen, hatte Böden aufgeweicht und die Wände durchweicht.

Lena spürte, wie ihre Kehle sich zuschnürte. All die Arbeit, die sie in den letzten Wochen in das Haus gesteckt hatte, war das alles umsonst gewesen? Sie sank auf einen der wackeligen Stühle und ließ den Kopf in die Hände fallen.

Später am Vormittag hörte sie Schritte auf dem Pfad. Matteo und Giulia tauchten auf, beide besorgt und mit Werkzeugen und Besen bewaffnet.

„Ich habe es mir schon gedacht", sagte Matteo, während er sich umsah. „Der Sturm war heftig."

„Wie schlimm ist es?", fragte Giulia und legte eine Hand auf Lenas Schulter.

„Schlimm genug", murmelte Lena. „Ich weiß nicht, ob ich das noch schaffe."

Matteo kniete sich neben sie. „Hör mir zu. Dieses Haus hat viele Stürme überstanden, und wir können es wieder herrichten. Aber du darfst jetzt nicht aufgeben."

„Er hat recht", fügte Giulia hinzu. „Du bist nicht allein, Lena. Wir helfen. Alle im Dorf kennen dieses Haus und wollen, dass es wieder erstrahlt."

Lena sah die beiden an, ihre Augen füllten sich mit Tränen. Es war nicht nur das Haus, das in diesem Moment auf der Kippe stand, es war ihre Hoffnung, ihr Neuanfang. Doch in Matteo und Giulias Gesichtern sah sie etwas, das ihr neuen Mut gab.

Die nächsten Tage waren eine Gemeinschaftsarbeit. Matteo organisierte Handwerker aus dem Dorf, die halfen, das Dach zu reparieren. Giulia brachte Essen und Getränke für alle, die mit anpackten. Selbst die Kinder aus dem Dorf sammelten Zweige und halfen beim Aufräumen der Terrassen.

Lena arbeitete härter als je zuvor. Sie reinigte die verschmutzten Räume, schloss Fenster, die repariert werden mussten, und schob Wasser aus den Böden. Mit jeder Aufgabe, die sie erledigte, spürte sie, wie ihre Entschlossenheit zurückkehrte.

Eines Abends, als die schlimmsten Schäden beseitigt waren, saßen Matteo und Lena wieder auf der Terrasse, jetzt auf zwei intakten Stühlen.

„Ich dachte wirklich, ich müsste aufgeben", sagte Lena und sah hinaus auf das beruhigte Meer.

„Aber du hasst es nicht getan", sagte Matteo mit einem Lächeln. „Das zeigt, wie stark du bist."

„Ich weiß nicht, ob ich das allein geschafft hätte", gab Lena zu

„Zum Glück bist du nicht allein", erwiderte Matteo und legte eine Hand auf ihre Schulter.

Die vertraute Geste war unerwartet, und Lena spürte ein ungeahntes Gefühl in sich aufsteigen, eine Mischung aus Wärme, Sicherheit und etwas, das sie nicht benennen konnte. Sie hielt den Atem an, überrascht von der Intensität des Moments.

Auch Matteo schien den Augenblick zu spüren, denn er zog seine Hand langsam zurück, als hätte er Angst, eine Grenze überschritten zu haben. Doch anstatt wegzusehen, hielt er ihren Blick, seine Augen suchten nach etwas in ihrem Gesicht.

Die Welt um sie herum schien stillzustehen, als ob der Sturm, der draußen gewütet hatte, einen Moment der Ruhe in ihrem Inneren hinterlassen hätte. Schließlich löste Matteo den Blick und trat einen Schritt zurück, aber das, was zwischen ihnen gelegen hatte, blieb spürbar.

In diesem Moment fühlte Lena sich nicht nur mit dem Haus, sondern auch mit den Menschen in Atrani verbunden. Der Sturm hatte ihre Entschlossenheit auf die Probe gestellt, und sie hatte bestanden. Jetzt wusste sie, dass sie alles schaffen konnte, solange sie diese Unterstützung hatte.

Kapitel 35

Die Luft war kühl und klar, als Lena an diesem Morgen die Terrasse betrat. Der Sturm hatte sich längst verzogen, und das Meer lag friedlich da, sein Blau leuchtend unter der warmen Sonne. Die Schäden am Haus waren fast vollständig behoben, und die letzten Tage hatten nicht nur die Wände, sondern auch Lena selbst gestärkt.

Sie umklammerte ihre Tasse Kaffee und sah hinaus auf die Küste. Ihre Gedanken wanderten zurück zu dem Moment, als sie zum ersten Mal durch das alte, staubige Tor getreten war. Damals war alles unsicher gewesen, das Haus, ihre Entscheidungen, ihr eigenes Leben. Aber jetzt fühlte sich alles anders an.

Matteo trat leise hinter sie, ein Bündel Werkzeuge in der Hand. „Der Dachstuhl ist fertig", sagte er. „Nur noch ein paar Kleinigkeiten, und wir sind durch."

Lena drehte sich um und lächelte. „Danke, Matteo. Ohne dich hätte ich das nie geschafft."

Er zuckte mit den Schultern, aber ein warmes Lächeln spielte um seine Lippen. „Du hasst mehr geschafft, als du denkst. Dieses Haus lebt wieder, dank dir."

Lena sah ihn an, und eine tiefe Ruhe erfüllte sie. Es war nicht nur das Haus, das wieder lebte, es war sie selbst.

Später am Tag machte Lena einen Spaziergang durch das Dorf. Die Menschen, die sie traf, grüßten sie mit einem warmen „Buongiorno", und einige hielten an, um ein paar Worte mit ihr zu wechseln. Giulia lud sie auf einen Espresso ein, und die Kinder, die sie inzwischen alle kannte, winkten ihr fröhlich zu.

„Du gehörst jetzt hierher", sagte Giulia mit einem Augenzwinkern, als sie Lena eine dampfende Tasse Kaffee reichte.

„Vielleicht hast du recht", sagte Lena nachdenklich.

„Nicht vielleicht", erwiderte Giulia. „Du bist angekommen, Lena. Das sieht jeder hier."

Lena lächelte, und in ihrem Herzen wusste sie, dass Giulia recht hatte. Sie hatte mehr als nur ein Haus geerbt, sie hatte ein Zuhause gefunden.

Am Abend saß Lena wieder auf der Terrasse, diesmal allein. Die Sonne versank langsam im Meer, und das goldene Licht tauchte alles in ein warmes Glühen. Sie legte die Hände auf das Geländer und atmete tief ein.

„Also gut", murmelte sie leise zu sich selbst. „Ich bleibe."

In diesem Moment traf Lena die Entscheidung, die sie zuvor immer aufgeschoben hatte. Es war nicht nur eine logische Wahl, es war ein Gefühl, das tief in ihrem Inneren Wurzeln geschlagen hatte. Dieses Haus, dieses Dorf, diese Menschen, sie waren jetzt ein Teil von ihr, und sie war ein Teil von ihnen.

Als der letzte Sonnenstrahl am Horizont verschwand, fühlte Lena eine wundervolle Mischung aus Frieden und Freude. Zum ersten Mal seit langer Zeit wusste sie genau, wo sie hingehörte.

Kapitel 36

Das leise Rauschen der Wellen unten an den Klippen und das Zirpen der Grillen erfüllten die Luft. Die Terrasse war in sanftes, goldenes Licht getaucht, das von den Lampions über ihnen ausging, und das Meer spiegelte den funkelnden Sternenhimmel wider. Lena lehnte sich an die steinerne Balustrade, ein Glas Wein in der Hand, während Matteo neben ihr stand.

„Es ist schwer zu glauben, wie weit das Haus schon gekommen ist", sagte Lena, ihre Stimme ruhig, fast ein Flüstern in der nächtlichen Stille.

Matteo nickte. „Es hat sich verändert, so wie du."

Sie sah ihn an, überrascht von seinen Worten. „Ich? Wie meinst du das?"

Er drehte sich zu ihr, seine dunklen Augen suchten ihren Blick. „Als du hierhergekommen bist, warst du unsicher. Jetzt wirkst du stärker. Entschlossener. Es ist, als ob du deinen Platz gefunden hast."

Lena spürte, wie ihr Herz schneller schlug. Die Intensität seines Blicks ließ sie nicht los. „Vielleicht habe ich das", sagte sie leise.

Einen Moment lang standen sie schweigend da, die Welt um sie herum schien zu verschwinden. Und dann, fast wie in Zeitlupe, lehnte Matteo sich vor. Lena zögerte, nur für den Bruchteil einer

Sekunde, bevor sie ihm entgegenkam. Ihre Lippen trafen sich, zuerst sanft, dann leidenschaftlicher. Sie spürte die Wärme seiner Hände, die ihre berührten, und die Stärke, die von ihm ausging. Es war, als hätte die Welt aufgehört, sich zu drehen, und nur dieser Moment existierte.

Als sie sich schließlich voneinander lösten, sahen sie sich an, beide ein wenig atemlos. „Das ...", begann Lena, ihre Stimme kaum mehr als ein Flüstern, „das habe ich nicht erwartet."

Matteo lächelte, sein Blick weich. „Ich auch nicht. Aber ich wollte es schon lange."

Lena lächelte zurück, spürte aber auch, wie sich ein leises Unbehagen in ihr regte. Der Moment war perfekt gewesen, ja, aber was bedeutete das? Sie war nicht sicher, ob sie bereit war, sich erneut zu öffnen. Die Verletzungen der Vergangenheit waren noch nicht ganz verheilt.

Am nächsten Morgen lag ein seltsames Gefühl in der Luft. Lena war früh aufgewacht, die Erinnerung an den Kuss wie ein Echo in ihrem Kopf. Sie stand auf, zog sich an und trat auf die Terrasse, wo die frische Meeresbrise sie begrüßte. Doch die Unsicherheit nagte an ihr. Was, wenn das alles nur ein Moment war? Nichts von Bedeutung?

Um ihre Gedanken zu ordnen, beschloss sie, sich abzulenken, und machte sich auf den Weg, durch die engen Gassen von Atrani zu spazieren. Die Stadt war bereits erwacht, die Stimmen der Bewohner hallten zwischen den Häusern wider, und der Duft von frischem Gebäck und Kaffee lag in der Luft. Lena hoffte, dass ein wenig Abstand ihre Gedanken klären würde.

Doch die Erinnerung an Matteo ließ sie nicht los.

Kapitel 37

Auf ihrem Rückweg durch die verwinkelten Gassen von Atrani, wo die Mittagssonne die weißen Fassaden in goldenes Licht tauchte, fiel Lenas Blick auf ein kleines Caffè auf der Piazza. Dort, vor einer der rustikalen Holztische, saß Matteo. Doch er war nicht allein.

Neben ihm saß eine attraktive Frau, elegant gekleidet, mit glänzenden, dunkelbraunen Haaren, die ihr perfekt ins Gesicht fielen. Sie lachte über etwas, das Matteo gerade gesagt hatte, ihre Hand lag leicht auf seinem Arm. Matteo erwiderte ihr Lachen, sein Gesicht offen und warm.

Lena blieb wie angewurzelt stehen, unfähig, den Blick abzuwenden. Die Frau strahlte eine Energie aus, die den gesamten Platz zu erhellen schien, ein Leuchten, das mehr als nur äußere Schönheit war. Es war Glück, pure Freude, die aus jeder ihrer Bewegungen sprach, als hätte sie gerade die beste Nachricht ihres Lebens erhalten.

Dieses Strahlen faszinierte Lena, zog sie in den Bann der Szene, und für einen kurzen Moment spürte sie nichts anderes als Bewunderung. Doch dann schlich sich ein anderes Gefühl in ihr Herz, ein vertrautes Stechen, das sie nicht willkommen heißen wollte. Neid. Eifersucht.

Die Intimität zwischen Matteo und der Frau, die scheinbare Selbstverständlichkeit, mit der sie sich berührten, ließ Lena an ihrer eigenen Verbindung zu ihm zweifeln. Sie fühlte, wie ihre Gedanken sich in alle Richtungen überschlugen, von Unsicherheit bis hin zu Ärger. Warum war er so vertraut mit dieser Frau? Wer war sie, und warum hatte Lena das Gefühl, dass sie ausgeschlossen war?

Der Gedanke, länger zuzusehen, wie diese Frau Matteo zum Lachen brachte, war unerträglich. Doch das Bild von ihrem strahlenden Gesicht blieb ihr im Gedächtnis, und obwohl sie es nicht wollte, spürte sie eine leise Sehnsucht, nicht nur nach Matteo, sondern nach der Freude, die die Fremde ausstrahlte, eine Freude, die Lena sich selbst kaum zuzugestehen wagte.

Lenas Brust zog sich zusammen, und das Lächeln, das sie auf ihrem Spaziergang noch getragen hatte, erstarb. *Natürlich*, dachte sie bitter. *Wie konnte ich auch nur für einen Moment glauben, dass ich etwas Besonderes für ihn bin?*

Die Szene vor ihr war zu vertraut. Sie erinnerte sich an ähnliche Momente, an das Gefühl, nicht genug zu sein, an die Enttäuschungen, die sie einst in Berlin zurückgelassen hatte. Warum hatte sie gedacht, dass es diesmal anders sein könnte?

Matteos Hand berührte die der Frau, eine Geste, die in Lena wie ein Stich wirkte. Sie konnte nicht länger hinsehen. Mit einem Kloß im Hals drehte sie sich um, ging einfach fort, ohne bestimmtes Ziel. Ihre Brust war eng, und die alte Unsicherheit war zurück, diesmal jedoch verstärkt durch das Bild von Matteo mit dieser glückstrahlenden Frau.

Es war nur ein Moment, dachte sie, fast verzweifelt. *Mehr war es nie.*

Kapitel 38

Die Sonne stand hoch am Himmel, es wäre ein perfekter leichter Sommertag. Aber Lena fühlte sich von einer Schwere begleitet, die sie nicht abschütteln konnte. Das Bild von Matteo und der fremden Frau ließ sie nicht los, und mit jedem Schritt durch die Gassen von Atrani versuchte sie, die aufkommenden Zweifel zu verdrängen. Sie musste sich ablenken, das war klar. Sie dachte an Aurora, die ihre Liebe auch nicht leben konnte. Und plötzlich, während sie an Aurora dachte, an deren Gemälde, an deren Geschichte, begann sich eine Idee zu formen. Vielleicht war es an der Zeit, etwas Konstruktives zu tun, etwas, das sowohl ihr als auch Auroras Vermächtnis Bedeutung verlieh. Mit einem entschlossenen Atemzug brach sie ihr zielloses Gehen durch die Gassen von Atrani ab und ging zu Giulias Pension. Giulia war immer eine gute Gesprächspartnerin, und vielleicht die perfekte Mitstreiterin für ihre aufkeimende Idee.

Die Nachmittagssonne tauchte die Terrasse von Giulias Frühstückspension in ein warmes, goldenes Licht. Der Duft von Giulias hausgemachten Biscotti lag in der Luft, während Lena ihren Blick über die schmalen Gassen von Atrani schweifen ließ.

Lena hatte in den letzten Tagen oft mit Giulia gesprochen, hatte ihr die Geschichte von Aurora erzählt, Stück für Stück. Giulia hatte zugehört, als Lena von den Notizen im vergilbten Buch erzählte, von dem unvollendeten Gemälde und von Lorenzo. Giulia hatte keine Fragen gestellt, bis Lena alles erzählt hatte, aber ihre Neugier war groß.

„Das ist eine tragische, aber wunderschöne Geschichte", hatte Giulia gesagt, ihre Stimme voller Nachdenklichkeit. „Aurora war eine außergewöhnliche Frau. Ich wünschte, ich hätte sie besser gekannt."

Giulia setzte sich Lena gegenüber, stellte einen Teller mit ihren duftenden Biscotti und zwei Tassen Kaffee auf den Tisch und lächelte. „Also, was schwirrt dir durch den Kopf?"

„Ich habe darüber nachgedacht, wie ich Aurora und Lorenzo ehren kann", sagte Lena. „Ich möchte eine Ausstellung machen, in ihrem Haus, wenn die Renovierung fertig ist. Eine Ausstellung ihrer Kunstwerke, zusammen mit den Notizen und Geschichten, die ich über sie gefunden habe."

Giulia hob die Augenbrauen, und ihr Gesicht leuchtete vor Begeisterung. „Das ist eine fantastische Idee, Lena!"

„Ich weiß nur nicht, wo ich anfangen soll", gab Lena zu. „Es gibt so viele Gemälde, und das Haus muss noch vorbereitet werden."

Giulia lehnte sich zurück und winkte ab. „Mach dir keine Sorgen. Wir kriegen das hin. Ich helfe dir, alles zu organisieren. Die Räume können wir gemeinsam herrichten, und ich kenne ein paar

Leute im Dorf, die helfen könnten, die Gemälde zu rahmen und aufzuhängen."

Lena atmete erleichtert aus. „Das wäre großartig, Giulia. Ich möchte, dass das unvollendete Gemälde von Lorenzo das Herzstück der Ausstellung wird. Es erzählt so viel über Aurora und ihre Kämpfe."

Giulia nickte. „Das klingt nach einer starken Botschaft. Vielleicht können wir die Ausstellung auch mit einem kleinen Empfang verbinden, gutes Essen, Wein, Musik. Etwas, das die Dorfbewohner zusammenbringt und Auroras Leben feiert."

Lenas Augen leuchteten. „Das ist eine wundervolle Idee. Es soll nicht nur um die Kunst gehen, sondern auch um die Botschaft dahinter, dass man die Liebe nicht fürchten sollte, so wie Aurora es getan hat."

Als Giulia über die Liebe und dass man sie nicht fürchten sollte, sprach, zuckte Lena kaum merklich zusammen, aber Giulia war das nicht entgangen.

Giulia legte den Kopf leicht schief. „Was ist los, Lena?"

Lena stellte die Tasse langsam ab und strich mit den Fingern über den Rand. „Es ist nichts Großes", sagte sie, doch ihre Stimme klang nicht ganz überzeugend.

Giulia zog eine Augenbraue hoch. „Lena, ich kenne dich inzwischen gut genug. Was beschäftigt dich wirklich?"

Lena seufzte und ließ den Blick über die Terrasse schweifen. „Ich habe eine Enttäuschung erlebt. Nichts Konkretes. Nur etwas, das ich mir eingebildet habe und das sich als falsch herausgestellt hat."

Giulia legte eine Hand auf ihre und lächelte mitfühlend. „Manchmal führt uns das Leben auf verschlungene Wege, die wir nicht verstehen. Aber meistens bringen sie uns genau dorthin, wo wir sein sollen. Du wirst sehen, alles wird sich klären."

Lena blickte Giulia an, ihre Augen voller Dankbarkeit. „Danke. Es tut gut, mit dir zu reden."

„Sehr gern", sagte Giulia, ihre Stimme warm, „und morgen gehen wir gemeinsam die ersten Schritte für die Ausstellung an. Das wird dich ablenken und dein Herz wieder in den richtigen Rhythmus bringen."

Kapitel 39

Lena lehnte sich auf der Terrasse ihres Hauses zurück, das Handy am Ohr. Der Nachmittag war warm, die Luft voller Zitronenduft, und die Geräusche des Meeres rauschten in der Ferne. Es war einer dieser Momente, in denen sie spürte, wie sehr sich ihr Leben verändert hatte. Doch sie vermisste Anna, ihre beste Freundin, die immer da gewesen war, um zuzuhören und ihre Gedanken zu sortieren.

„Also", sagte Annas vertraute Stimme aus dem Hörer, „du erzählst mir immer nur Häppchen. Jetzt will ich die ganze Geschichte hören. Wie läuft's da unten in deinem italienischen Märchenland?"

Lena lachte leise. „Es ist kein Märchen, glaub mir. Aber es ist besonders. Ich weiß gar nicht, wo ich anfangen soll."

„Wie wäre es bei dieser Giulia?", fragte Anna mit einem gespielten Anflug von Eifersucht in ihrer Stimme. „Scheint ja, als hättest du jetzt eine neue beste Freundin. Die ersetzt mich doch nicht, oder?"

„Ach, Anna", sagte Lena und schüttelte lächelnd den Kopf, obwohl Anna sie nicht sehen konnte. „Niemand ersetzt dich. Giulia ist einfach unglaublich hilfsbereit und hat mir sehr geholfen, mich hier einzuleben. Aber du bist immer noch meine Nummer eins."

„Besser so", sagte Anna und lachte. „Also, was gibt's Neues? Ich will alles hören, das Haus, diese geheimnisvolle Tante Aurora, und wie steht's eigentlich mit dem attraktiven Handwerker, von dem du mir mal erzählt hast?"

Lena schnaubte und lehnte sich in ihrem Stuhl zurück. „Okay, wo fange ich an? Also, das Haus ist der Wahnsinn, aber es hat mich auch völlig überwältigt. Ich habe so viele Sachen von Aurora gefunden, Notizen, Gemälde, ein unvollendetes Bild von einem Mann namens Lorenzo, den sie offenbar sehr geliebt hat. Und dann habe ich herausgefunden, dass er gestorben ist, vor vielen Jahren."

Am anderen Ende war Anna einen Moment still. „Das klingt schwer. Und traurig. Wie gehst du damit um?"

„Ich weiß nicht", sagte Lena ehrlich. „Es fühlt sich an, als wäre ich hier, um nicht nur ihr Haus zu übernehmen, sondern auch ihre Geschichte irgendwie zu vervollständigen. Sie hat so viel unvollendet gelassen, und ich habe das Gefühl, dass ich daraus lernen muss. Vor allem, wenn es um die Liebe geht."

„Also", begann Anna, nachdem Lena von den Fortschritten im Haus und ihren Plänen für die Ausstellung erzählt hatte, „und jetzt zum Märchenprinzen im Märchenland. Was ist mit Matteo?"

Lena zögerte einen Moment. „Was soll mit ihm sein?", fragte sie, obwohl sie genau wusste, worauf Anna hinauswollte.

„Lena", sagte Anna mit einem Lachen in der Stimme, „ich kenne dich besser, als du denkst. Da ist doch was. Also, raus mit der Sprache."

Lena seufzte und ließ den Kopf gegen die Rückenlehne ihres Stuhls sinken. „Okay, ja. Es gab einen Moment, einen Kuss."

„Ein Kuss?", wiederholte Anna dramatisch, „und wann wolltest du mir das erzählen?"

„Es war ein schöner Moment, aber am nächsten Tag habe ich ihn mit einer anderen Frau gesehen. Sie wirkten sehr vertraut."

„Oh, Lena." Annas Stimme wurde sanft. „Hast du ihn darauf angesprochen?"

„Nein." Lena strich sich eine Haarsträhne aus dem Gesicht. „Was soll ich auch sagen? Es ist sein Leben. Ich weiß nicht. Vielleicht habe ich mir zu viel eingebildet."

„Lena", sagte Anna mit Nachdruck, „hör auf, dich selbst zu sabotieren. Du bist eine wundervolle Frau, und wenn Matteo das nicht erkennt, ist er selber schuld. Aber vielleicht solltest du dir sicher sein, bevor du Schlüsse ziehst."

„Vielleicht hast du recht", gab Lena zu. „Es tut nur weh, wenn man sich Hoffnungen macht und dann enttäuscht wird."

„Das ist die Liebe, Lena", sagte Anna mit einem leisen Lachen. „Ein Risiko. Aber wenn du nicht riskierst, wirst du nie wissen, ob es sich gelohnt hätte."

Lena schmunzelte. „Du bist viel klüger, als ich dir manchmal zutraue."

„Natürlich bin ich das", erwiderte Anna. „Und du weißt, ich stehe jederzeit bereit, wenn du mich brauchst. Soll ich kommen und den Kerl mal inspizieren?"

Lena lachte. „Das wäre typisch für dich. Aber nein, ich denke, ich muss das allein klären."

„Das wirst du", sagte Anna bestimmt. „Und denk dran: Ich bin immer nur einen Anruf entfernt."

Kapitel 40

Als Matteo am nächsten Tag wie gewohnt auftauchte, um an den Renovierungsarbeiten zu arbeiten, versuchte Lena, sich zusammenzureißen. Doch die Szene auf der Piazza und die Unsicherheit nagten zu sehr an ihr.

„Du brauchst nicht so zu tun, als wäre alles normal", sagte sie schärfer, als sie beabsichtigt hatte, und verschränkte die Arme.

Matteo hielt inne und sah sie verwirrt an. „Was meinst du?"

„Die Frau im Caffè. Du sahst ziemlich vertraut mit ihr aus", platzte es aus ihr, ihre Stimme bebend vor Ärger und Enttäuschung.

Matteo runzelte die Stirn, dann entspannte sich sein Gesicht plötzlich, und er begann zu lachen, ein leises, warmes Lachen, das Lena jedoch nur noch mehr irritierte.

„Lena", sagte er schließlich und trat näher, „das war meine Cousine Chiara. Sie plant ihre Hochzeit, und ihr Freund hat ihr am Vorabend endlich einen Antrag gemacht. Sie hat mir davon erzählt."

Lena blinzelte, unfähig, sofort zu antworten. „Deine Cousine?"

„Ja, Chiara", erklärte Matteo mit einem verständnisvollen Lächeln. „Sie ist fast wie eine Schwester für mich. Wir haben über die Hochzeit gesprochen und darüber, dass sie überlegen, die

Feier hier in Atrani zu veranstalten. Ich war nur glücklich für sie."

Lena fühlte, wie die Scham sie überrollte. Ihre Hände zitterten leicht, als sie stammelte: „Oh ... ich ... ich dachte ...“

„Du dachtest, ich hätte dich einfach vergessen?“ Matteo trat noch einen Schritt näher und nahm behutsam ihre Hände in seine. Sein Blick war offen, ruhig, und in seinen Augen lag eine Wärme, die sie fast zu Tränen rührte. „Lena, ich dachte, ich hätte klar gemacht, wie ich mich fühle. Aber falls nicht: Du bedeutest mir mehr, als du vielleicht ahnst."

Lena spürte, wie sich eine Mischung aus Erleichterung und Unsicherheit in ihr breit machte. „Ich wusste nicht, was ich denken sollte“, gab sie leise zu. „Ich habe mich verletzt gefühlt, und ich glaube, ich habe Angst, mich wieder auf jemanden einzulassen."

Matteo nickte, ohne ihren Blick loszulassen. „Das verstehe ich. Aber ich bin hier. Und ich will, dass du weißt, dass ich es ernst meine."

Lena konnte nicht anders, als zu lächeln, wenn auch zögerlich. Die Zweifel in ihrem Kopf begannen sich aufzulösen, ersetzt durch ein vorsichtiges Vertrauen.

Lena sah ihn an, seine dunklen Augen suchten ihren Blick, voller Geduld und Wärme. Sie spürte, wie all ihre Zweifel und Ängste in diesem Moment verblassten.

„Es tut mir leid", flüsterte sie schließlich, ihre Stimme von Emotionen durchzogen. „Ich habe einfach Angst, wieder verletzt zu werden."

Matteo trat näher und zog sie behutsam in eine Umarmung. Seine Arme fühlten sich stark und sicher an, und Lena ließ sich von dieser Geborgenheit tragen. „Ich verstehe das", sagte er sanft. „Aber ich bin nicht hier, um dich zu verletzen. Ich will mit dir hier etwas aufbauen, Lena. Etwas Echtes."

Lena schloss die Augen und ließ sich von seinen Worten beruhigen. Sie erwiderte die Umarmung, und zum ersten Mal seit langer Zeit fühlte sie, wie all die Zweifel und Unsicherheiten von ihr abfielen. Der Moment war anders, echter, sicherer als alles, was sie zuvor erlebt hatte.

Als sie sich später auf der Terrasse niederließen, brachte Matteo eine Flasche Wein aus der Region, kühl und leicht, und schenkte ihnen beiden ein. Die sanfte Brise trug den Duft des Meeres und der Zitronenbäume herüber, während die Sterne am Himmel funkelten.

„Es ist so schön hier", sagte Lena leise und hob ihr Glas.

Matteo nickte, sein Blick war warm und liebevoll. „Noch schöner, weil du hier bist."

Lena lächelte und spürte, wie ihr Herz einen Takt schneller schlug. Sie stießen an, die Gläser klangen leise in der Stille der Nacht.

Kapitel 41

Die Hitze des Sommertages ließ den Duft von Zitronenblüten, Rosmarin und Lavendel intensiver wirken. Lena stand auf der mittleren Terrasse des Gartens, die Ärmel ihres leichten Hemdes hochgekrempelt, und schob mit einem Rechen die abgeschnittenen Zweige und Blätter zusammen. Der Blick auf das glitzernde Meer im Hintergrund ließ sie kurz innehalten, bevor sie sich wieder der Arbeit widmete.

„Das war's für diese Ebene", sagte Niccolò, ein junger Mann mit freundlichem Gesicht, während er die unteren Äste eines knorrigen Zitronenbaums zurechtstutzte. Er war Rosas Enkel, er finanzierte sich sein Studium der Gartenarchitektur, indem er immer wieder in verschiedenen Gärten arbeitete und aushalf. Matteo hatte Rosa gefragt, ob Niccolò das gern auch bei Lena tun würde und der junge Mann war sofort begeistert gewesen.

„Danke, Niccolò", sagte Lena und trat zurück, um die frisch geschnittenen Sträucher zu betrachten. „Es sieht schon so viel offener aus. Man merkt richtig, wie der Garten aufatmet."

Niccolò nickte zustimmend. „Diese Terrassen haben Charakter, Signora. Aber sie brauchen Ordnung. Die Pflanzen hier kämpfen ganz offensichtlich schon seit Jahren um ihren Platz."

Lena lachte leise und ließ ihren Blick über die verschiedenen Ebenen des Gartens schweifen. „Das habe ich mir auch schon gedacht."

Niccolò lächelte und strich sich über den Nacken. „Alles, was lebt, braucht Pflege und Geduld. Das gilt für Pflanzen genauso wie für Menschen."

Lena begann, einige der kleineren Zweige aufzusammeln, während sie über die Worte dieses jungen Mannes nachdachte. Ihre Hände glitten über die raue Rinde eines abgeschnittenen Astes, und sie sah zu der steinernen Bank auf der obersten Terrasse hinauf. Jetzt, da die Bougainvillea ordentlich beschnitten war, war der Platz vollständig freigelegt. Die Blüten rankten sich in einem harmonischen Muster um den alten Tisch, und die Aussicht auf das türkisfarbene Meer war schlichtweg atemberaubend.

„Dieser Garten fühlt sich an wie ein lebendiges Wesen", sagte Lena zu Niccolò. „Mit jedem Tag, den ich hier verbringe, verstehe ich ihn besser. Und dabei lerne ich auch viel über mich selbst."

Niccolò legte seine Gartenschere beiseite und sah auf die untere Ebene, wo die Zitronenbäume in der warmen Sonne glänzten. „Das ist das Wunder eines Gartens. Er bringt dich dazu, innezuhalten und darüber nachzudenken, was wirklich zählt. Geduld, Pflege und Zeit, das ist es, was ihn wachsen lässt. Und das ist ja im normalen Leben auch so."

Lena ließ die Worte in ihrem Inneren nachklingen, während sie die Aussicht genoss. Das Meer funkelte, und eine sanfte Brise strich über ihre erhitzte Haut.

„Vielleicht sollte ich diesen Garten eines Tages für Besucher öffnen", sagte sie schließlich, fast mehr zu sich selbst als zu Niccolò.

„Das ist eine wirklich tolle Idee", erwiderte Niccolò. „Ein Ort wie dieser ist zu wertvoll, um ihn nur für sich selbst zu behalten. Ich bin sicher, jeder würde unglaublich gern hier sein und das alles sehen."

Die beiden arbeiteten den Nachmittag über weiter. Niccolò kümmerte sich um die unteren Ebenen, während Lena auf der obersten Terrasse neue Pflanzen arrangierte. Als die Sonne begann, hinter den Klippen zu verschwinden, trat Matteo in den Garten.

„Großartig, was ihr geleistet habt, es sieht viel besser aus", sagte er, während er sich auf einer der steinernen Stufen niederließ.

Lena richtete sich auf und wischte sich den Schweiß von der Stirn. „Ich hätte nie gedacht, dass Gartenarbeit so befriedigend sein kann. Bisher habe ich mich ja doch nur mit Blumen beschäftigt, die kleinen Brüder und Schwestern sozusagen, aber richtige Gartenarbeit, das ist etwas ganz anderes."

Matteo musterte die Terrassen und die klare Struktur, die langsam wieder sichtbar wurde. „Du bringst Leben an diesen Ort. Er blüht durch dich auf."

Lena lächelte, ihre Wangen von der Sonne gerötet. Sie ließ den Blick über den Garten schweifen und fühlte einen Funken Stolz. Matteo hatte recht, sie hatte diesem Garten Leben eingehaucht. Und auch sich selbst.

Kapitel 42

Die Renovierungsarbeiten waren abgeschlossen, das Haus wirkte wie ein völlig neuer Ort, frisch gestrichen, mit perfekt gestrichenen Wänden und neu polierten Böden. Die große Eröffnung des Hauses stand bevor. Und die erste Ausstellung, die Lena geplant hatte und mit Giulia mit Liebe und Sorgfalt vorbereitet hatte. Das Haus, das lange im Schatten der Zeit gestanden hatte, würde nun mit Auroras Werken, ihren Gemälden, Skizzen und Notizen, wieder zum Leben erweckt werden. Die Ausstellung sollte nicht nur die Kunstwerke präsentieren, sondern auch die Geschichte einer außergewöhnlichen Frau erzählen, die in diesem Haus gelebt und gearbeitet hatte.

Das Wohnzimmer des Hauses war erfüllt von geschäftigem Treiben. Lena und Giulia standen inmitten von Gemälden, alten Fotografien und gerahmten Notizen, die sie auf dem Boden ausgebreitet hatten.

„Okay", sagte Giulia und blickte auf ihre Liste, „wir haben fünf große Gemälde, das unvollendete Porträt von Lorenzo und diese kleineren Skizzen. Ich denke, die Gemälde sollten an die Hauptwände, damit sie wirklich wirken."

Lena nickte. „Ja, und die Notizen und Fotos können wir in einer Ecke arrangieren, vielleicht als eine Art Zeitkapsel von Auroras Leben. Es wäre schön, wenn die Leute sehen, wer sie wirklich war."

Giulia hob ein gerahmtes Foto von Aurora auf, das sie in jungen Jahren vor dem Haus zeigte, mit einer Staffelei neben sich und einem Pinsel in der Hand. „Ich liebe dieses Bild", sagte Giulia leise. „Es zeigt sie so voller Leben."

„Das ist mein Lieblingsfoto", stimmte Lena zu. „Es zeigt, wie viel sie diesem Ort bedeutete."

Während Giulia begann, die Gemälde nach Größe zu sortieren, ging Lena zu einer Ecke des Raumes, wo das unvollendete Gemälde von Lorenzo stand. Sie strich mit den Fingern leicht über die Leinwand. „Das sollte der Mittelpunkt der Ausstellung sein", sagte sie. „Es erzählt so viel über sie."

Giulia trat hinter sie und nickte. „Ja, das sollte es. Aber wir müssen es richtig präsentieren. Vielleicht könnten wir es auf eine Staffelei stellen, mit ein paar erklärenden Worten daneben."

Lena lächelte. „Gute Idee. Ich könnte einen kurzen Text schreiben, der erklärt, wer Lorenzo war und was er für sie bedeutete."

„Das wird perfekt", sagte Giulia begeistert.

Die beiden arbeiteten den ganzen Nachmittag weiter, arrangierten die Werke an den Wänden, entschieden über die Platzierung der Notizen und suchten die passenden Möbelstücke aus, um den Raum einladend wirken zu lassen.

„Rosa wird stolz auf dich sein", sagte Giulia, als sie einen weiteren Rahmen an die Wand hängte.

„Du hast Auroras Geschichte so viel Respekt entgegengebracht."

Lena fühlte, wie ein warmes Gefühl in ihr aufstieg. „Es fühlt sich gut an. Und ich hoffe, die Leute hier im Dorf sehen das genauso."

Giulia legte eine Hand auf ihre Schulter. „Das werden sie. Und Anna wird begeistert sein. Ich freue mich darauf, sie endlich kennenzulernen."

Lena lachte. „Sie ist neugierig auf dich. Ich glaube, sie hat ein bisschen Angst, dass du ihre Position als beste Freundin übernimmst."

Giulia schmunzelte. „Ich werde ihr erklären, dass ich nur zweite Wahl bin."

Die beiden Frauen lachten, und der Raum füllte sich für einen Moment mit einer Leichtigkeit, die Lena seit Langem nicht mehr gespürt hatte.

Als der Abend hereinbrach, waren die meisten Arbeiten erledigt. Die Gemälde hingen an den Wänden, die Notizen waren sorgfältig arrangiert, und das unvollendete Porträt von Lorenzo stand auf einer Staffelei im Mittelpunkt des Raumes. Lena betrachtete das fertige Werk und spürte, wie eine Welle von Zufriedenheit sie durchströmte.

„Es sieht perfekt aus", sagte sie leise.

Giulia trat neben sie und legte einen Arm um ihre Schulter. „Es ist perfekt, weil du es gemacht hast. Und weil es von Herzen kommt."

Lena lächelte, während sie an die bevorstehende Eröffnung dachte. Es würde ein großer Moment sein, nicht nur für Aurora, sondern auch für sie selbst.

Kapitel 43

Die Abendluft war angenehm kühl nach dem langen, intensiven Tag, und das Rauschen der Wellen bot eine beruhigende Kulisse. Lena saß auf der Terrasse. Sie zog ihre Strickjacke enger um sich und starrte in die Ferne, wo das Meer in der Dämmerung glitzerte. Auf dem Tischchen vor ihr blinkte und vibrierte das Handy, Annas Name leuchtete auf dem Display.

„Ach. liebste Anna", rief Lena, als sie den Anruf entgegennahm.

„Na endlich!", meinte Anna spielerisch. „Ich dachte schon, du bist in all dem italienischen Dolce Vita untergetaucht und hast mich vergessen."

Lena lachte. „Wie könnte ich dich vergessen? Und Dolce Vita? Ganz und gar nicht, es war viel los hier. Die Renovierungsarbeiten sind fertig, das Haus sieht fantastisch aus."

„Das klingt ja nach enorm viel Arbeit!", sagte Anna begeistert. „Und was ist mit der Ausstellung? Du hast doch hoffentlich an meine Einladung gedacht, oder?"

„Natürlich", sagte Lena mit einem Grinsen. „Du wirst doch hoffentlich zur Eröffnung hier sein, alles andere würde ich nicht dulden."

„Das wollte ich hören", antwortete Anna zufrieden. „Aber lass uns zum interessanten Teil kommen. Was ist mit Matteo? Und sag jetzt nicht, dass nichts ist. Ich kenne dich, Lena."

Lena rutschte tiefer in ihren Stuhl, machte es sich bequem. Sie wusste, dass Anna darauf bestehen würde, jedes Detail erzählt zu bekommen. „Wir hatten ein klärendes Gespräch", begann sie. „Ich habe ihn falsch eingeschätzt. Es gab eine Situation, die ich missverstanden habe, und das hat alte Unsicherheiten in mir wachgerüttelt."

„Oh, jetzt wird es spannend", sagte Anna neugierig. „Erzähl mir alles. Und lass nichts aus."

Lena schmunzelte. „Er hat mich eingeladen, mit ihm spazieren zu gehen. Wir haben über das Haus gesprochen, über die Zukunft, und er war so ehrlich zu mir. Aber ich bin mir nicht sicher, wie ich das einordnen soll. Ich habe Angst, mich wieder in etwas zu verrennen, das nicht funktioniert."

„Lena", sagte Anna mit sanfter Dringlichkeit, „du bist nicht mehr die Frau, die du damals warst. Matteo ist nicht Paul. Er wirkt für mich wie jemand, der weiß, was er will, und der dich will. Vielleicht solltest du ihm einfach eine Chance geben. Was soll schon passieren?"

„Was passieren könnte?", fragte Lena, „zum Beispiel, dass ich mich viel zu sehr darauf einlasse, und dann?"

„Dann hast du eine Erfahrung mehr gemacht", sagte Anna pragmatisch, „und weißt du, was noch schlimmer ist? Es gar nicht erst zu versuchen. Du bist nach Italien gegangen, um ein neues Kapitel in deinem Leben zu beginnen. Matteo gehört zu diesem Kapitel."

Lena schwieg, dachte nach.

„Lena", fuhr Anna fort, ihre Stimme entschlossen, „du hast so viel gewagt. Du hast ein Leben hinter dir gelassen, das dich nicht erfüllt hat. Jetzt ist es Zeit, dir selbst zu vertrauen, und Matteo vielleicht auch. Du musst keine Entscheidungen treffen, aber sei ehrlich zu dir und zu ihm."

Ein Lächeln zog über Lenas Gesicht. „Du bist unmöglich, weißt du das?"

„Natürlich", antwortete Anna lachend. „Das ist mein Job als beste Freundin. Und übrigens, ich will alle weiteren Details hören, sobald sich etwas entwickelt!"

„Versprochen", sagte Lena mit einem Grinsen im Gesicht.

Kapitel 44

Die Sterne funkelten am Himmel. Lena stand auf der Terrasse des Hauses, das sie nun vollständig als ihr eigenes betrachtete, und ließ die kühle Nachtluft durch ihr Haar streichen. Die letzten Tage waren intensiv gewesen, voller Vorbereitungen für die Ausstellung. Sie war erschöpft, doch eine wunderbare Zufriedenheit durchströmte sie.

Hinter ihr hörte sie Schritte auf den Terrassensteinen. Sie drehte sich um und sah Matteo, der mit zwei Gläsern Rosé in den Händen auf sie zukam. Der Wein schimmerte in einem zarten Rosa, passend zum Farbspiel des Himmels bei Sonnenuntergang.

„Ich dachte, du könntest das gebrauchen", sagte er, als er ihr ein Glas reichte.

„Danke", sagte Lena, und ihre Finger berührten seine, als sie das Glas nahm. Der Kontakt war kurz, doch sie spürte die Berührung wie einen Funken, der durch sie hindurchging.

„Die Aussicht ist heute besonders schön", sagte Matteo und lehnte sich neben ihr an die steinerne Balustrade, „und, wie geht es dir, woran denkst du?"

„Ich denke an die Ausstellung. Ob alles so wird, wie ich es mir vorstelle. Und ob Aurora stolz auf mich wäre."

Matteo legte seinen Arm um ihre Schulter. „Sie wäre es", sagte er bestimmt. „Du hast so viel getan, um ihr Vermächtnis zu bewahren. Und mehr als das, du hast diesen Ort wieder mit Leben erfüllt."

Lena drehte sich zu ihm um, und ihre Augen trafen sich. Für einen Moment schien die Welt stillzustehen, nur das sanfte Rauschen der Wellen und das Zirpen der Grillen waren zu hören. „Du machst es mir leichter", sagte sie. „Du bist immer da, wenn ich Hilfe brauche."

Matteo lächelte, sein Ausdruck war weicher, nachdenklicher als sonst. „Das tue ich gern, Lena. Du hast etwas, das einen Menschen anzieht. Deine Stärke, deine Entschlossenheit. Und deine Art, das Leben hier zu sehen, als wäre es ein kleines Wunder."

Lena spürte, wie ihre Wangen heiß wurden, doch sie wandte den Blick nicht ab. Der vertraute Duft von Holz und Zitronenblüten umgab die beiden.

„Weißt du", begann Matteo, seine Stimme kaum mehr als ein Flüstern, „ich habe in letzter Zeit oft darüber nachgedacht, wie es wäre, wenn du ganz und vollständig und für immer hierbleibst. Nicht nur für das Haus oder für Aurora. Sondern für dich. Für uns."

Lenas Herz schlug schneller, und sie suchte nach Worten, aber Matteo ließ ihr keine Zeit, zu antworten. Er neigte sich langsam vor, und seine Lippen berührten ihre, sanft, als wollte er ihr die Möglichkeit geben, sich zurückzuziehen.

Doch Lena tat es nicht. Sie schloss die Augen und ließ sich in den Kuss fallen, spürte die Intensität seiner Nähe und die Sicherheit, die er ihr gab. Der Moment war unaufdringlich, und doch voller Bedeutung.

Als sie sich schließlich voneinander lösten, blieb Matteo nah bei ihr. Seine Stirn lehnte kurz an ihrer, während er leise sagte: „Bleib, Lena."

Die Worte hallten in ihr nach, tief in ihrem Herzen. Sie spürte, dass sie noch Zeit brauchte, um die richtige Entscheidung zu treffen.

Die Sterne über der Küste begannen hell zu funkeln, während das Meer unter ihnen sanft glitzerte.

„Das Licht hier ...", sagte Lena schließlich und blickte zu Matteo, „es hat alles verändert."

„Wie meinst du das?", fragte Matteo und zog sie sanft näher an sich heran, sodass sie sich an ihn lehnte.

„Es hat mir gezeigt, dass Veränderung möglich ist", antwortete Lena, „dass ich nicht im Schatten der Vergangenheit leben muss. Dass ich wachsen kann, auch wenn ich zögere."

Matteo sah sie an, und in seinen dunklen Augen spiegelte sich das Licht des Nachthimmels. „Das Licht hier ist besonders", sagte er, „und du hattest dieses Leuchten immer in dir, Lena. Du musstest nur den richtigen Ort finden, um es zu erkennen."

Kapitel 45

Kleine und größere Tische standen sorgfältig platziert im Haus und im Garten auf den Terrassen, bedeckt mit weißem Leinen und dekoriert mit Blumenarrangements. Bougainvilleen in kräftigem Pink rankten sich um Vasen, weiße Margeriten standen aufrecht und elegant, Lavendel mit seinem beruhigenden Duft erfüllte die Atmosphäre. Zwischen den Blumenarrangements standen kleine Kerzen in schlichten Glashaltern.

Das Haus strahlte richtiggehend. Die frisch gestrichenen Fensterläden in einem tiefen Grün harmonierten mit den honigfarbenen Steinen der Fassade, die im Sonnenlicht einen warmen, goldenen Schimmer annahmen. Die Terrassen, früher verwildert und überwuchert, waren nun Punkte der Begegnung. Geschwungene Eisenstühle mit hellen Kissen standen um die Tische, und in den Ecken sorgten große Töpfe mit Olivenbäumen und Zitronenpflanzen für mediterranes Flair. Die Wege waren mit Kies bedeckt, der bei jedem Schritt ein angenehmes Knirschen erzeugte, und kleine Laternen säumten die Pfade. Der Duft von Kräutern, Rosmarin, Thymian und Minze, mischte sich mit der salzigen Brise vom Meer. Lichterketten spannten sich, bereit, den Abend in ein sanftes, goldenes Licht zu tauchen.

Lena stand am Eingang des Hauses und wartete auf Giulia. Die erschien mit einem Korb frisch gebackenen Brots und einer Flasche Olivenöl in der Hand. „Perfetto", sagte sie mit einem zufriedenen Nicken, als Lena weiter nach drinnen begleitete und sie alles betrachtete. „Du hast ein Händchen für diese Dinge, Lena."

„Nein, das hast du!", erwiderte Lena lächelnd, während sie hier und da an den Blumenarrangements zupfte. „Ohne dich und die Hilfe der Dorfbewohner hätte ich das nie geschafft."

„Das ist, was wir hier tun", sagte Giulia schlicht, „wir helfen uns gegenseitig. Aber heute ist dein Tag. Du hast dieses Haus wieder zum Leben erweckt."

Die ersten Gäste trafen ein, und Lena begrüßte sie mit einem Lächeln. Rosa war eine der Ersten, die ankam, begleitet von ihrem Enkel Niccolò, der eine kleine Auswahl an Weinflaschen trug.

„Alle sagen, dass das Haus jetzt das schönste in ganz Atrani ist," sagte Niccolò mit einem schelmischen Lächeln.

„Und der Garten", sagte Lena, „dank dir, dank allen, dank deiner Großmutter ...", antwortete Lena strahlend, dann nahm sie Rosa bei der Hand und ging mit ihr an den ausgestellten Bildern entlang. Einige waren hell, mit strahlenden Farben und fließenden Formen, andere dunkel, fast bedrohlich, mit scharfen Kanten und schweren Schatten.

„Sie hat mit Licht und Schatten gespielt", sagte Lena.

Rosa nickte. „Aurora hat gesagt, das Licht hier ist das ehrlichste Licht, das es gibt. Es zeigt alles, die Schönheit, aber auch die Fehler. Sie hat das nicht gefürchtet, sondern es in ihrer Kunst genutzt."

Lena betrachtete eines der Gemälde genauer. „Vielleicht hat sie gewusst, dass sie nicht alles zeigen konnte, was sie fühlte. Aber das Licht hat es für sie erzählt."

Die Gäste kamen weiterhin, jeder brachte etwas mit, eine Flasche Wein, frisches Obst, Kuchen. Kinder rannten lachend über die Terrasse, während Erwachsene die kunstvoll arrangierten Tische bewunderten. Die Atmosphäre war lebendig und herzlich, genau so, wie Lena es sich vorgestellt hatte.

Giulia brachte eine Karaffe mit Zitronenwasser und stellte sie auf einen der Tische. „Was wirst du jetzt tun? Mit dem Haus? Mit dir?", fragte sie Lena, während die beiden Frauen ihre Blicke über die Szenerie gleiten ließen.

„Ich habe ein paar Ideen", sagte sie. „Ich möchte Führungen anbieten, über Kunst, das Leben hier, Blumen, Pflanzen, vielleicht sogar Kreativtage für Touristen und Einheimische. Und vielleicht auch Ausstellungen? Wer weiß. Es gibt so viel Potenzial in diesem Haus."

Giulia nickte begeistert. „So etwas Ähnliches dachte ich mir schon, das klingt perfekt. Und ganz Atrani wird davon profitieren, du hast die volle

Unterstützung des Dorfes. Je mehr Touristen kommen, desto profitabler wird es für uns alle."

Als die Sonne langsam begann, tiefer zu stehen, füllte sich die Terrasse mit fröhlichen Gesprächen, Gelächter und dem Klirren von Gläsern. Lena stand in der Galerie und betrachtete das unvollendete Gemälde von Lorenzo, das im Zentrum der Ausstellung hing. Dann wanderten ihre Augen durch den Raum, dann zum Sekretär, der an einer Wand im Wohnzimmer stand. Es war, als würde er sie rufen. Ohne zu wissen, was sie tat, ging sie hinüber, ihre Schritte leise auf den alten Fliesen.

Sie öffnete die untere Schublade, die Matteo erst vor kurzem repariert hatte. Die Briefe lagen noch dort, sorgsam gebündelt, genau wie sie sie hinterlassen hatte. Ihre Finger zitterten leicht, als sie den Stapel herausnahm. Jetzt war der Moment für sie gekommen, sich dem zu stellen, was Lorenzo seiner Aurora geschrieben hatte. Lena löste die Schnur, und der erste Brief fiel ihr entgegen. Es war ein kurzes Schreiben, doch die Worte trafen sie tief:

Aurora,
wohin ich auch ging, du warst immer bei mir. Ich wünschte, ich könnte dir sagen, dass ich zurückkomme, doch ich habe gelernt, dass ich dir nur durch meine Abwesenheit den Frieden geben kann, den du verdienst.

In ewiger Treue
Lorenzo

Lena griff nach dem nächsten Brief. Sie las, wie Lorenzo Aurora seine Reue mitteilte, wie er ihr erklärte, dass sie die Frau war, die sein Leben geprägt hatte, auch wenn er zu unruhig und durstig nach Leben gewesen war, um bei ihr zu bleiben.

Tränen füllten Lenas Augen, als sie die letzten Zeilen eines der letzten Briefe las:

„Aurora, vergib mir. Und lebe für uns beide."

Lena legte die Briefe behutsam zurück in die Schublade und schloss sie. Ihr Herz war schwer, aber zugleich fühlte sie eine seltsame Ruhe. Aurora und Lorenzo hatten ihre Geschichte, eine Geschichte voller Fehler, aber auch voller Liebe. Und sie hatte jetzt die Möglichkeit, diese Geschichte mitzuteilen.

Kapitel 46

Als Lena zurück in die Galerie im Salon ging und sich den Gästen zuwandte, wusste sie, dass sie alles getan hatte, um Aurora und Lorenzo gerecht zu werden. Die Ausstellung war nicht nur eine Hommage an Aurora, sondern auch eine Feier des Lebens, der Liebe und der Fehler, die jeden Menschen menschlich machten.

Die Gemälde von Aurora hingen an den Wänden, jedes mit einem sanften Licht angestrahlt, das die Farben und Details ihrer Kunstwerke hervorhob. Im Mittelpunkt des Raumes prunkte das unvollendete Porträt von Lorenzo auf einer antiken Staffelei, daneben ein kleines Tischchen, auf dem ein gerahmter Hinweistext Details zu Auroras Leben und zu Lorenzo Santini lieferte.

Lena beobachtete, wie die Gäste die Kunstwerke betrachteten, flüsterten und hin und wieder ein Lächeln tauschten. Rosa stand vor einem Gemälde, das eine Szene der Amalfiküste bei Sonnenaufgang zeigte. Sie wischte sich eine Träne aus dem Augenwinkel.

„Es ist wunderschön", sagte Rosa leise, als Lena zu ihr trat. „Aurora hat die Seele dieses Ortes eingefangen."

Lena legte eine Hand auf Rosas Arm. „Ohne deine Erinnerungen und Geschichten hätte ich vieles davon nicht verstanden, Rosa."

Und dann trat Anna ein, eine Reisetasche in ihrer Hand und ein breites Lächeln auf ihrem Gesicht. „Da bist du ja!", rief Lena und eilte ihr entgegen.

„Natürlich bin ich hier", sagte Anna und ließ die Tasche fallen, um Lena zu umarmen. „Ich würde das für nichts verpassen."

Die beiden lösten sich aus der Umarmung, und Anna ließ ihren Blick über den Raum schweifen. „Wow, Lena. Das hast du wirklich großartig gemacht."

„Und an dir ... da ist etwas anders an dir", sagte sie dann.

Lena war überrascht. „Was meinst du?"

„Deine Augen", sagte Anna und deutete auf Lenas Gesicht, „sie leuchten. Als hätten sie dieses spezielle Amalfi-Licht aufgenommen."

Lena lachte und schüttelte den Kopf. „Das liegt nur an der Sonne, Anna. Hier ist alles anders. Selbst die Luft fühlt sich leichter an."

„Nein", sagte Anna und sah sie an, „es ist mehr als das. Du leuchtest von innen. Vielleicht, weil du endlich am richtigen Ort bist."

Lena spürte, wie sich ein zufriedenes Lächeln auf ihre Lippen stahl. „Wahrscheinlich hast du recht", sagte sie, „vielleicht habe ich dieses Licht gebraucht, um zu erkennen, was ich will."

„Ich muss jetzt ... meine Gäste ... meine Ansprache ...", sagte sie entschuldigend zu Anna, „dein Zimmer zeige ich dir dann gleich nachher."

Anna nickte, nahm sich ein Glas Sekt von einem der Tische und klirrte mit ihrem Ring daran. „Ansprache!", rief sie, woraufhin sich alle zu den beiden Freundinnen umdrehten. Lena lachte und verneigte sich theatralisch vor den Gästen. Die Gäste applaudierten.

„Danke, dass ihr heute Abend hier seid", begann sie, ihre Stimme klar, aber voller Emotion. „Dieses Haus war einst ein Zufluchtsort für Aurora, die ich mit voller Überzeugung meine Tante nenne. Sie hat mir dieses Haus geschenkt, ohne mich zu kennen. Jetzt ist es für mich ein Zuhause geworden. Das wäre ohne eure Hilfe nicht möglich gewesen. Ihr habt mich mit offenen Armen aufgenommen, und dafür bin ich unendlich dankbar."

Sie hielt inne und sah zu dem unvollendeten Porträt von Lorenzo. „Dieses Gemälde zeigt, dass nicht alles im Leben abgeschlossen ist, aber es erinnert uns auch daran, die Liebe und die Schönheit um uns herum zu schätzen, und sie nicht zu fürchten."

Der Applaus erfüllte den Raum, und Lena spürte, wie eine Welle von Erleichterung und Stolz sie durchströmte. Da bemerkte sie, wie Rosa mit einer Dame durch die Ausstellung ging. Rosa winkte Lena heran.

„Lena, komm mal her! Ich möchte dir jemanden vorstellen", rief Rosa mit ihrer typischen Herzlichkeit.

Lena schenkte der unbekannten Frau ein neugieriges Lächeln. Rosa legte ihre Hand auf die Schulter der Besucherin. „Das ist Lucia Bianchi, eine Freundin von mir aus Neapel. Sie ist Kunsthistorikerin und hat ein Auge für aufstrebende Talente. Ich dachte, ihr zwei solltet euch kennenlernen."

„Signora Hartmann, es ist mir eine Freude, Sie kennenzulernen", sagte Lucia und reichte Lena die Hand. Ihre grauen Haare waren elegant zurückgebunden, und ihre Augen strahlten eine lebhafte Neugier aus.

„Ganz meinerseits, Signora Bianchi", antwortete Lena und drückte ihre Hand. „Rosa hat Ihnen sicher schon erzählt, dass ich gerade erst in diese Welt eintauche."

Lucia nickte. „Das habe ich gehört. Und ich muss sagen, was Sie hier geschaffen haben, ist beeindruckend. Dieses Haus hat eine Seele, und Sie haben ihr neues Leben eingehaucht."

„Danke, das bedeutet mir viel", erwiderte Lena, durchaus mit ein bisschen Stolz.

Lucia zog ein kleines Notizbuch aus ihrer Tasche. „Ich arbeite in Neapel mit einigen vielversprechenden jungen Künstlern zusammen. Viele von ihnen suchen nach Orten wie diesem, um ihre Werke zu präsentieren. Falls Sie Interesse haben, könnte ich Ihnen einige Namen nennen."

Lena nickte. „Das klingt wunderbar. Ich bin offen für jede Unterstützung."

Lucia lächelte. „Dann werde ich Ihnen ein paar Vorschläge zusenden. Es wäre mir eine Ehre, Ihnen zu helfen."

Rosa legte lachend einen Arm um beide Frauen. „Seht ihr? Ich wusste, dass ihr euch gut verstehen würdet. Ihr seid beide Frauen mit einer Leidenschaft für das Besondere."

Die drei Frauen lachten, und Lena fühlte sich einmal mehr in ihrem neuen Leben bestätigt, umgeben von Menschen, die nicht nur ihre Vision teilten, sondern sie auch inspirierten, noch größer zu träumen.

Kapitel 47

Die Nacht hatte die Terrasse in ein sanftes Licht gehüllt. Die letzten Gäste verabschiedeten sich, einer nach dem anderen, mit warmen Umarmungen und Glückwünschen.

Lena saß an einem der Tische, ein Glas Wein in der Hand, und ließ ihren Blick über die Nacht gleiten. Anna, die ihr den ganzen Abend zur Seite gestanden hatte, trat zu ihr und legte eine Hand auf ihre Schulter.

„Ich bin stolz auf dich", sagte Anna leise.

Lena drehte den Kopf zu ihr und lächelte. „Danke, dass du hier bist, Anna. Es hätte sich nicht richtig angefühlt ohne dich."

„Und Matteo?", fragte Anna mit einem wissenden Blick. „Er ist schon den ganzen Abend in deiner Nähe."

Lena suchte mit den Augen die Terrasse ab und fand Matteo, der am Rand stand, in die Nacht hinaus schauend, genau wie sie selbst, bevor Anna gekommen war. „Vielleicht sollte ich mit ihm reden", sagte sie schließlich.

Anna grinste. „Ich lasse euch allein. Aber ich erwarte Details morgen!"

Mit langsamen Schritten ging Lena auf Matteo zu. Er drehte sich um, als er sie kommen sah, und sein Lächeln war warm und einladend.

„Die Feier war ein Erfolg", sagte Matteo. „Das Dorf wird noch lange darüber sprechen."

„Dank dir", erwiderte Lena. „Du hast so viel für dieses Haus getan. Nicht nur handwerklich."

Matteo trat näher, seine dunklen Augen suchten ihren Blick. „Das war nicht schwer. Dieses Haus hat eine besondere Seele. Und du hast sie zurückgebracht."

Lena spürte, wie ihr Herz schneller schlug. „Ich wollte dir danken. Für alles. Für die Arbeit, für die Unterstützung und für das Gemälde."

Er lächelte, trat noch einen Schritt näher und nahm ihre Hand. „Ich habe dir Zeit geben wollen, Lena. Damit du sicher bist, was du willst. Aber ich hoffe, dass du bleibst. Nicht nur wegen des Hauses oder des Dorfes, sondern wegen mir."

Lena sah ihn an, ihre Gedanken wirbelten, doch ihre Worte waren klar: „Ich bleibe. Nicht nur wegen des Hauses. Sondern, weil ich hier endlich ich selbst sein kann. Und weil du hier bist."

Matteo zog sie sanft in seine Arme, und als ihre Lippen sich trafen, verschwanden all ihre Unsicherheiten in der warmen Nachtluft.

Als sie sich voneinander lösten, ging Lena alles durch den Kopf, was sie hier erlebt hatte, die Entdeckung von Auroras Geschichte, die Herausforderungen, die sie gemeistert hatte, die Menschen, die sie in ihr Herz geschlossen hatten. Und dann war da Matteo. Seine ruhige Stärke, seine Geduld, seine Fähigkeit, sie zu sehen, wie sie wirklich war.

„Ich wollte mich verabschieden", sagte er nun leise.

„Du musst nicht gehen", sagte Lena, bevor sie überhaupt darüber nachgedacht hatte, „bleib hier, in dieser Nacht."

Matteo hielt inne, und für einen Moment schien die Zeit stillzustehen. „Lena", begann er, „ich will nur, dass du das tust, was dich glücklich macht."

Ihre Augen suchten seinen Blick. „Was mich glücklich macht", sagte sie leise, „ist hier. Dieses Haus, dieses Dorf. Und du. Ja, du."

Matteo zog sie erneut in eine Umarmung.

Kapitel 48

Die letzten Tage waren wie ein Traum gewesen. Die Ausstellungseröffnung war ein voller Erfolg, und das Haus hatte sich mit Leben, Lachen und Geschichten gefüllt. Besucher aus dem Dorf und der Umgebung hatten sich eingefunden, um Auroras Werk zu bewundern, und Lena hatte gespürt, wie die Mauern des Hauses von einer neuen Energie erfüllt wurden.

Doch jetzt, da die Feierlichkeiten vorbei waren und das Haus für einen Moment wieder in die Stille eintauchte, sehnte sich Lena nach einem Augenblick der Ruhe, einem Moment, um alles Revue passieren zu lassen. Der Garten, ihr Rückzugsort, schien der perfekte Ort dafür zu sein.

Die Sonne war dabei, hinter den Klippen zu versinken, und der Himmel erstrahlte in warmen Farben, ein leuchtendes Orange, das ins Rosa und schließlich ins tiefe Blau überging. Lena stand vor der alten Steinbank im Garten, ihrem Lieblingsplatz. Niccolò hatte die Bougainvillea zurückgeschnitten, sodass die leuchtenden Blüten einen schützenden Rahmen bildeten, und nun legte Lena ein weißes Tischtuch über den runden Steintisch.

In der Mitte des Tisches platzierte sie eine Kerze in einem kunstvollen Halter, den sie in einer der Kommoden des Hauses gefunden hatte. Zwei elegante Kristallgläser aus Auroras Vitrine standen bereit, und daneben eine Flasche Prosecco.

„Prosecco di Valdobbiadene", hatte Giulia gesagt, als sie ihr die Flasche geschenkt hatte, „er ist aus Venetien, nicht von hier, aber er hat einen besonderen Geschmack, spritzig, leicht, wie das Leben selbst."

Lena zündete die Kerze an, und ihr warmes Licht ließ die Bougainvillea um sie herum erstrahlen. Es war, als wäre sie in eine andere Welt getreten, eine Welt, die nur für diesen Moment geschaffen worden war.

Als sie Matteo kommen hörte, drehte sie sich um und lächelte. Er hatte seine übliche ruhige Ausstrahlung, aber heute trug er ein frisches Hemd, das die Wärme seiner dunklen Augen noch hervorhob.

„Das ist wunderschön", sagte er, als er näherkam.

„Ich wollte, dass dieser Ort perfekt ist", antwortete Lena, „für uns."

„Weißt du", sagte Matteo und schaute sich um, „dieser Garten ist ein Kunstwerk für sich. Touristen werden es lieben, hier zu sein."

Lena nickte. „Ja, ich werde Führungen anbieten, den Leuten die Pflanzen und Kräuter zeigen, die hier wachsen, und dann könnten sie bei Giulia in der Pension entspannen."

„Das klingt nach einer perfekten Kombination", sagte Matteo.

Er setzte sich neben sie, und für einen Moment betrachteten sie gemeinsam die Aussicht, das glitzernde Meer, das in der Abenddämmerung wie ein endloser Teppich wirkte.

Lena öffnete die Flasche Prosecco mit einem leisen Plopp, und Matteo hielt die Gläser, während sie einschenkte. Das perlende Getränk füllte die Luft mit einem frischen, fruchtigen Aroma.

„Auf was stoßen wir an?", fragte Matteo leise.

Lena hielt ihr Glas, die Flamme der Kerze spiegelte sich in dem Kristall wider. „Auf alles", sagte sie schließlich. „Auf dieses Haus, diesen Garten, das Licht, und auf uns."

Matteo lächelte und hob sein Glas. „Auf uns."

Die Gläser klangen leise zusammen, und Lena nippte an dem Prosecco. Er war leicht, prickelnd und doch voller Tiefe, genau wie dieser Moment.

„Und wie ist es eigentlich mit deiner Wohnung in Berlin?", fragte Matteo schließlich und sah sie neugierig an, „behältst du sie?" Seine Stimme klang beiläufig, aber Lena spürte, dass hinter der Frage mehr steckte. Es war nicht nur die reine Neugier, sondern etwas Tieferes, ein unausgesprochener Wunsch, eine Erwartung vielleicht.

Lena schüttelte den Kopf und stellte ihr Glas zur Seite. „Nein, ich habe entschieden, sie zu verkaufen. Es ist nur eine kleine Ein-Zimmer-Wohnung, aber trotzdem wird es ein schönes kleines Sümmchen sein." Sie hielt kurz inne, beobachtete, wie Matteo sie ansah, aufmerksam, abwartend.

„Und ehrlich gesagt", fuhr sie fort, ihre Stimme sanfter, „ich brauche sie nicht mehr. Sie war immer wie eine kleine Hintertür für mich, ein Ort, an den ich hätte fliehen können, wenn hier etwas schiefgegangen wäre. Aber ich brauche keine Hintertür mehr."

Matteos Blick veränderte sich, wurde wärmer, tiefer. Sie wusste, dass ihre Antwort mehr bedeutete, als nur über die Wohnung zu sprechen.

„Das ist ein großer Schritt", sagte er schließlich, und Lena spürte die unterschwellige Erleichterung in seinen Worten.

„Ja", antwortete sie, fast flüsternd, „aber der richtige." Sie beugte sich zu ihm und küsste ihn sanft auf die Lippen, dann fuhr sie fort: „Ja, es ist der richtige Schritt für mich. Das Geld wird mir helfen, die erste Zeit zu überbrücken. Von der Barschaft, die mit der Erbschaft kam, ist nichts mehr übrig, alles ist in die Renovierung geflossen. Aber mit dem Verkauf der Wohnung werde ich genug haben, um die Zeit zu überstehen, bis die Events, Führungen und Veranstaltungen im Haus richtig anlaufen."

„Das klingt nach einem soliden Plan", sagte Matteo und nahm ihre Hand. „Du bist wirklich angekommen, oder?"

Lena sah ihn an, und ein warmes Lächeln legte sich auf ihr Gesicht. „Ja, Matteo. Zum ersten Mal weiß ich, dass ich genau da bin, wo ich sein sollte."

Er lächelte, zog sie zu sich, und sie küssten sich, während das Licht der Kerze sie umhüllte. Es war kein großes, dramatisches Versprechen, sondern eine stille, tiefe Verbindung, eine, die stärker war als Worte.

Die Nacht wurde dunkler, und die Sterne begannen, den Himmel zu füllen. Die Kerze flackerte in der leichten Brise, und das Rauschen des Meeres begleitete die Stille zwischen ihnen.

Lena lehnte sich an Matteo und wusste, dass sie nicht nur einen Ort gefunden hatte, sondern auch ein Zuhause, in diesem Garten, in diesem Moment, und in seinem Herzen.

Nach einer Weile unterbrach Matteo die Stille. „Ich muss dir etwas erzählen", begann er, seine Stimme klang vorsichtig, fast zögernd.

Lena sah ihn an, neugierig. „Was ist es?"

„Chiara", begann er und lächelte bei dem Namen seiner Cousine. „Sie und ihr Verlobter haben entschieden, ihre Hochzeit hier zu feiern, in deinem Haus, Lena."

Lena blinzelte überrascht. „In meinem Haus? Wirklich?"

„Ja", bestätigte Matteo. „Sie haben mich gefragt, und ich dachte, es könnte eine wunderbare Gelegenheit sein. Giulia und Rosa kümmern sich um das Catering, und ich helfe bei der Organisation. Es könnte dein erstes Event werden, eine Möglichkeit, das Haus als besonderen Ort bekannt zu machen."

Lena betrachtete ihn und grinste. „Das klingt wunderbar. Eine Hochzeit als Auftakt. Ich liebe Hochzeiten!"

Epilog: Drei Jahre später

Die Sonne stand hoch am Himmel, und der Garten auf den Terrassen des Anwesens war voller Leben. Besucher schlenderten die geschwungenen Wege entlang, die zwischen den Zitronenbäumen und Lavendelfeldern führten, und bewunderten die Gestaltung der verschiedenen Terrassenebenen, genossen die atemberaubende Aussicht, hielten inne, um Fotos vom glitzernden Meer zu machen, oder von den üppigen Bougainvillea, die in allen Rosa- und Violetttönen blühten.

Lena stand auf der obersten Terrasse und ließ den Blick über das Treiben schweifen. Der Garten war ihr ganzer Stolz geworden, und in Zusammenarbeit mit Niccolò hatte sie die Terrassen in einen Ort verwandelt, der Besucher von nah und fern anlockte. Die Führungen, die Lena veranstaltete, waren zu einem Fixpunkt in den touristischen Angeboten der Region geworden.

Im Haus selbst herrschte ebenfalls reges Treiben. Eine neue Ausstellung war gerade eröffnet worden, mit Werken eines jungen Künstlers aus Neapel, dessen kraftvolle Gemälde Szenen des Küstenlebens einfingen. Die Galerie hatte sich einen Namen gemacht. Der Auftakt zu allem war Chiaras Hochzeit gewesen. Lena erinnerte sich an den Tag, als das Haus zum ersten Mal in seiner Rolle als Veranstaltungsort erstrahlte: Die Terrassen waren festlich geschmückt, die Tische mit weißen Decken gedeckt, und überall standen Blumenarrangements. Chiara hatte in ihrem eleganten Brautkleid gestrahlt, und Matteo hatte als stolzer Cousin den ganzen Tag geholfen sicherzustellen, dass alles perfekt lief.

Lucia Bianchi, die sich mittlerweile als feste Größe im Leben von Lena etabliert hatte, sprach gerade mit dem jungen Künstler. Sie war es, die immer wieder neue Talente aus Neapel und der Umgebung mitbrachte. Ihre fachkundige Meinung und ihr Gespür für besondere Werke hatten dazu beigetragen, das Atelierhaus in der Kunstszene bekannt zu machen.

Lena lächelte, als Lucia sich zu ihr umdrehte und eine zustimmende Geste machte. „Dieser junge Mann hat eine unglaubliche Technik", rief Lucia, bevor sie sich wieder dem Künstler zuwandte.

Lena hatte ihre Wohnung in Berlin schon vor längerer Zeit verkauft. Es war ein seltsames Gefühl gewesen, durch die vertrauten Straßen zu gehen und Abschied zu nehmen. Die kleine Ein-Zimmer-Wohnung hatte sie an eine nette, alleinstehende Frau verkauft, die gerade nach Berlin gezogen war. Die Käuferin war heilfroh gewesen, in der überfüllten Hauptstadt eine so schöne Wohnung zu finden, und Lena hatte sich gefreut zu wissen, dass ihr altes Zuhause in guten Händen war. Es war ein sauberer Abschluss, der ihr half, sich endgültig auf ihr neues Leben in Atrani einzulassen

„In zwei Wochen feiern wir hier ja schon wieder", sagte Matteo und trat hinter Lena, zwei Gläser Limoncello in der Hand.

Lena drehte sich um und nahm eines der Gläser. „Ja, die Taufe der Zwillinge", sagte sie mit einem Lächeln. „Es wird etwas ganz Besonderes. Chiara und Antonio haben sich so sehr gefreut, gleich zweifach mit Nachwuchs beschenkt zu werden. Und der Garten wird wieder leuchten."

„Es ist erstaunlich, wie sehr sich dieser Ort verändert hat", sagte Matteo, während er neben ihr an die Balustrade trat. „Und alles begann mit Chiaras Hochzeit. Es war der Auftakt zu etwas Großem."

„Das stimmt", sagte Lena. „Damals hätte ich nie gedacht, dass das Haus zu einem so lebendigen Ort wird. Und jetzt, jetzt fühlt es sich an, als hätte es seinen Platz in der Welt wiedergefunden. So wie ich."

„Das ist ein Erfolg", sagte Matteo nach einer kurzen Pause, sein Blick warm und voller Stolz. „Nicht nur für das Haus, sondern auch für dich."

„Das ist unser Erfolg", erwiderte Lena lächelnd.

„Nicht schlecht für ein altes Haus an der Amalfiküste", sagte Anna, die aus dem Haus trat und sich zu ihnen gesellte. Sie trug ein leichtes Sommerkleid und hielt ein Glas Wein in der Hand.

„Ich bin so froh, dass du übers Wochenende gekommen bist, schade, dass du morgen schon wieder zurück musst", sagte Lena.

„Ja, aber ich komme ja immer wieder. Diese Auszeit muss schon sein. Ach, ich denke gerade an den Moment, als du mir gesagt hast, dass du das Erbe angenommen hast", sagte Anna, „und jetzt? Jetzt bist du die Chefin einer Galerie und eines kleinen Paradieses."

„Und du?", meinte Lena mit einem breiten Lächeln, „du hast deinen Blumenladen in ein Zentrum für Kreativität verwandelt."

Anna nickte. „Es läuft gut. Die Workshops sind immer ausgebucht, und ich habe gerade die dritte Workshop-Ecke eingerichtet. Der Kräutermarkt letzten Monat war ein voller Erfolg. Die Kunden lieben die Verbindung zwischen Blumen und italienischen Einflüssen. Danke, dass du mich auf diese Idee gebracht hast."

„Ihr habt beide etwas Besonderes geschaffen", sagte Matteo. „Nicht nur für euch selbst, sondern auch für die Menschen um euch herum."

Die Sonne ging unter, die letzten Besucher verließen das Haus, und Anna zog sich ins obere Stockwerk zurück.

Auf der Terrasse herrschte nun friedliche Stille, die nur vom leisen Rauschen des Meeres und dem Duft von Lavendel und Meersalz begleitet wurde. Lena und Matteo saßen nebeneinander, bewunderten den funkelnden Widerschein des Mondlichts im Meer und ließen den Tag und den Abend Revue passieren. Matteo schenkte zwei Gläser Limoncello ein und reichte Lena ein Glas. Schließlich brach er die Stille: „Lena, hättest du jemals gedacht, dass dein Leben so aussehen würde?"

Sie schüttelte den Kopf und lächelte. „Niemals. Aber jetzt ist alles genau so, wie es sein soll."

Matteo nahm einen Schluck von seinem Limoncello und stellte das Glas dann mit Bedacht auf den Tisch. Seine Stimme war sanft, sein Blick war fest und überzeugt, als er sagte: „Weißt du, morgen wird ein ganz spezieller Tag. Noch spezieller als der heutige."

Lena runzelte die Stirn und sah ihn neugierig an. „Warum? Was ist morgen?"

Matteo lächelte, und ein schelmischer Glanz trat in seine Augen. „Erinnerst du dich an Chiara, als du sie damals auf der Piazza mit mir gesehen hast? Ihr Strahlen, ihr Leuchten, ihre Freude, ihr Glück, du dachtest, dass sie und ich ... na ja, du weißt schon."

Lena spürte, wie ihre Wangen leicht heiß wurden bei der Erinnerung. „Ja, ich erinnere mich. Und ich lag völlig falsch. Dieses Strahlen kam von ihrem Glück, weil Antonio ihr einen Antrag gemacht hatte. Weil er sie gefragt hatte, ob sie ihn heiraten will."

Matteo nickte langsam, sein Blick voller Bedeutung. „Genau. Dieses Leuchten, diese riesengroße Freude. Man vergisst es nicht, wenn man so etwas sieht, oder?"

Lena erwiderte seinen Blick, und ihr Herz begann schneller zu schlagen. Ein Gedanke schlich sich in ihren Kopf, eine Ahnung, was Matteo vielleicht damit sagen wollte.

Doch bevor sie etwas erwidern konnte, hob Matteo sein Glas, ein Lächeln umspielte seine Lippen. „Auf morgen", sagte er mit einer Tiefe und Eindeutigkeit, die Lena keinen Zweifel mehr ließ, was er für morgen plante.

Ihre Gedanken überschlugen sich, aber sie hielt inne, sagte nichts. Ihre Vorstellungskraft füllte die Lücken, und ein leises Lächeln umspielte ihre Lippen, als sie an das dachte, was morgen geschehen würde.

Anhang: Lorenzos Briefe an Aurora

Athen, Sommer 1954

Meine geliebte Aurora,

die Wellen des Meeres sind heute so wild wie meine Gedanken. Ich sehe hinaus und frage mich, ob ich je Frieden in meinem Herzen finden werde, ohne dich an meiner Seite. Du bist mein Anker, mein Licht, und doch habe ich dich zurückgelassen, eine Entscheidung, die mich jede Nacht wach hält.

Ich weiß, dass du meine Gründe nicht verstehst, vielleicht nie verstehen kannst. Mein Drang nach Freiheit, nach Abenteuern und nach der Welt hat mich weggeführt. Es ist nicht deine Schuld, und auch nicht meine, es ist einfach, wer ich bin. Aber das Wissen, dass ich dich verletzt habe, schmerzt mehr, als ich je ausdrücken könnte.

Wenn ich meine Pinsel in die Hand nehme, denke ich an dich. Jede Farbe, die ich auf die Leinwand bringe, ist ein Versuch, dir meine Liebe zu zeigen, auch aus der Ferne. Vielleicht siehst du eines Tages meine Werke und verstehst, dass sie nur für dich sind, meine Aurora.

Verzeih mir, dass ich nicht bleiben konnte. Ich hoffe, dass du dein Glück findest, auch wenn ich es nicht sein darf, der es dir gibt.

In Liebe und Reue,

Lorenzo

Geliebte Aurora,

Paris ist so schön, wie ich es mir erträumt habe, aber die Straßen fühlen sich leer an ohne dich an meiner Seite. Die Menschen hier bewundern meine Arbeit, und doch bedeutet mir kein Lob etwas, weil ich weiß, dass ich den wichtigsten Teil meines Lebens zurückgelassen habe.

Ich weiß, dass du mich nicht mehr erwarten kannst, und sollst. Du verdienst einen Mann, der bleiben kann, der dir die Sicherheit gibt, die ich dir verweigert habe. Aber ich möchte, dass du weißt, dass kein Tag vergeht, an dem ich nicht an dich denke.

Ich habe gemalt, was wir hätten haben können, unsere gemeinsamen Momente an der Amalfiküste, dein Lächeln unter den Zitronenbäumen. Doch Gemälde sind nur Schatten der Wirklichkeit, und mein Herz bleibt unerfüllt.

Ich kann nicht zurück, Aurora, weil ich nicht derselbe Mann wäre, den du kanntest. Aber ich hoffe, dass du eines Tages verstehst, dass ich dich mehr geliebt habe, als ich es je in Worte fassen konnte.

Dein

Lorenzo

Liebste Aurora,

ich habe gehört, dass du immer noch in unserem kleinen Dorf bist, dass du immer noch unter der gleichen Sonne lebst, die uns einst verbunden hat. Es gibt so vieles, was ich dir sagen möchte, und doch fehlen mir die Worte.

Ich war egoistisch, Aurora. Ich habe die Welt gesucht, aber dabei dich verloren. Ich dachte, ich könnte beides haben, Freiheit und Liebe, doch ich habe gelernt, dass man immer einen Preis zahlt. Meine Freiheit hat mich leerer gemacht, als ich je gedacht hätte.

Wenn ich nachts in Rom über die Dächer sehe, stelle ich mir vor, wie es wäre, wieder bei dir zu sein. Aber ich weiß, dass ich nicht das Recht habe, das zu verlangen. Du bist stärker, als ich es je sein könnte, und ich hoffe, dass du deinen Frieden gefunden hast.

Bitte vergiss mich nicht vollständig. Denn auch wenn ich nicht da sein konnte, liebe ich dich mit jeder Faser meines Seins. Vergib mir. Und lebe für uns beide.

Immer dein

Lorenzo

Meine liebe Aurora,

ich schreibe dir aus einer kleinen Bodega mit Blick auf das Meer, und während ich die Worte auf das Papier bringe, stelle ich mir vor, wie du in deinem Haus sitzt, vielleicht in deinem Atelier, umgeben von deinen Farben und deinem Licht. Es ist ein Bild, das mich zugleich tröstet und schmerzt, weil ich so fern von dir bin.

Manchmal frage ich mich, ob ich eine andere Wahl hätte treffen können. Ob es ein Leben gegeben hätte, in dem ich meine Flügel nicht ausbreiten musste, um die Welt zu sehen. Doch du weißt, wie tief der Drang in mir sitzt, zu reisen, neue Horizonte zu erkunden und die Geschichten dieser Erde in mir aufzunehmen.

Verzeih mir, dass ich nicht bleiben konnte. Verzeih mir, dass ich dir nicht das geben konnte, was du verdient hast. Aber wenn ich dir etwas geben konnte, dann war es meine Liebe, so unvollkommen und flüchtig sie auch scheinen mag.

Aurora, denke an mich, wenn du das Meer betrachtest. Es trägt meine Gedanken zu dir, so sicher wie die Wellen immer wieder ans Ufer zurückkehren.

In tiefer Zuneigung,
Lorenzo

Meine geliebte Aurora,

ich schreibe dir diesen Brief mit der Erkenntnis, dass ich vielleicht nicht mehr viele Gelegenheiten haben werde, dir meine Gedanken mitzuteilen. Mein Körper ist müde, und die Ärzte sind freundlich, aber ich sehe die Wahrheit in ihren Augen.

Wie gerne wäre ich noch einmal zu dir nach Atrani gekommen, in das Haus, das uns beide auf so unterschiedliche Weise geprägt hat. Für mich war es immer ein Ort des Neubeginns, ein Symbol für alles, was du warst – stark, voller Leben und doch so zerbrechlich in deinem tiefsten Kern.

Ich frage mich oft, ob du jemals all die Worte gelesen hast, die ich dir in meinen Briefen geschickt habe. Worte, die nicht immer das ausdrücken konnten, was mein Herz fühlte, aber die doch mein einziger Weg waren, dir nahe zu sein.

Wenn du mich jemals vermisst hast, dann lass mich dir sagen: Ich habe dich in jeder Stunde meines Lebens vermisst. Und wenn du mich je gehasst hast, dann verstehe ich es, denn ich habe mich selbst gehasst, weil ich nicht bleiben konnte.

In der Ewigkeit, so hoffe ich, werden wir uns wiederfinden, ohne Zweifel, ohne Ängste, ohne die Last der Entscheidungen, die wir in diesem Leben getroffen haben.

Dein, für immer und ewig,

Lorenzo

New York, 22. März 1983

Meine liebste Aurora,

meine Hände zittern, während ich diesen Brief schreibe. Die Zeit hat meine Kraft genommen, aber nicht die Erinnerung an dich, die lebendig bleibt wie damals, als wir unter den Zitronenbäumen lachten.

Ich habe viele Fehler gemacht, und der größte von allen war, dich gehen zu lassen, oder vielmehr, mich von dir zu entfernen. Ich habe die Welt gesucht, Aurora, doch sie hat mir nicht das gegeben, wonach ich suchte. Alles, was ich wirklich gebraucht hätte, warst du.

Nun, am Ende meiner Reise, wünsche ich mir nur eines: dass du mir verzeihen kannst. Ich habe dir Schmerz zugefügt, und dafür werde ich mich immer schämen. Aber ich hoffe, dass du auch an die Momente denkst, die wir geteilt haben, das Lachen, die Gesten, die Blicke, die Berührungen. Die Liebe, die trotz allem in mir brennt.

Wenn ich meine Augen schließe, sehe ich dein Gesicht vor mir, und ich finde Frieden. Vielleicht, wenn es eine andere Welt gibt, eine andere Zeit, werde ich es besser machen.

In ewiger Liebe,

Lorenzo